小說新賞

東周列國志

原著　明·馮夢龍
編寫　胡其瑞

三民書局

我常常思索著，我是怎麼成了一個説故事的人？

有一段我已經忘卻的記憶，那是一個沒有什麼像樣娛樂的年代，大人們忙著養家活口或整理家務，大部分的孩子都是自己尋找樂趣，妹妹告訴我，她們是在我説的故事中度過童年的。我常一手牽著小妹，一手牽著大妹，走到家附近那廢棄的老宅前，老宅大而陰森，厚重而斑駁的木門前有一座石階，連接木門和石階的磚牆都已傾頹，只有那座石階安好，作為一個講臺恰到好處。妹妹席地而坐，我站上石階，像天方夜譚般開始一千零一夜的故事。

記憶中的小時候，我是個木訥寡言的人，所以當小妹説起這段過去時，我露出不可思議的神情，懷疑她説的是另一個人的事。雖然如此，我卻記得我是如何開始寫故事的。那是專三的暑假，對所有要上大學的人來説，這個暑假是很特別的假期，彷彿過了這個暑假就從青少年走入成年。放暑假的第一天，我從北部帶著紅樓夢返家，想説漫長的暑假適合讀平日零碎時間不能完整閲讀的大部頭。當我花了兩個星期沒日沒夜看完紅樓夢，還沒從寶黛沒有快樂結局的悲悽愛情氛圍中脱身，突然萌生説故事的衝動，便在酷暑時節，窩在通鋪式的臥房，以摺疊成山的棉被權充書桌，幾個下午就完成我的第一篇短篇小説、我説的第一個故事。寫完時全身汗水淋漓，用鉛筆寫的草稿也被手汗沾得處處字跡模糊，不過我不擔心，所有的文字都在我腦海中，無需辨認。之後我又花了幾天把草稿謄在稿紙上，投寄到台灣日報副刊，當那個訴説青春少女和遲暮老人忘年情誼的小説變成鉛字出現在報紙副刊，我知道我喜歡説故事、可以説故事，於是寫了一篇又一篇的小説，直到今天。

原來是經典小説帶領我走入説故事的行列，這段記憶我始終記

得，也很希望在童年時代還耐不下性子閱讀原典的孩子們，能和我一樣在經典故事中成長。

　　雖然市場上重新編寫經典小說的作品很多，但對我這個有兩個少年階段孩子的母親來說，卻總覺得找不到適合的版本，不是太簡單，就是太難，要不然就是刪節得不好，文字不夠精確等等，我們看到了這當中的成長空間，於是計畫進行一套經典小說的改寫版本。

　　首先我們先確定了方向，保留較多文學性，讓這套書適合大孩子閱讀；但也因為如此，讓我們在邀請撰稿者方面碰到不少困難。幸好有宇文正、石德華、許榮哲等作家朋友們願意加入，加上三民書局之前「世紀人物 100」的傳記書系列，也出現了不少有文采、有功力的寫作者，讓這套書可以順利進行。對於文字創作者來說，創意是珍貴的資產，但改寫工作就像化妝師，被要求照著一張照片化妝，不能一模一樣，又不能不一樣，一些作者告訴我，他們在撰寫這系列的書時，常常因為想寫的和原著不太一樣而卡住，三民書局的編輯也常常要幫著作者把寫作節奏拉回來，好幾本書稿都是初稿完成後，又大幅刪修，甚至全部重寫。辛苦的代價便是呈現在讀者面前的這套書——文字流暢、故事生動，既有原典的精華，又有作者的創意調拌，加上全彩印刷、配圖精美。這是我為我的孩子選擇的一套書，作為他們告別青春期的最佳禮物，希望能和天下的學子、家長們分享，也期待這套「大部頭的套書」，經過作家們巧妙的改寫、賦予新生命後，保留了經典的精神，又比文言白話交雜的原典更加容易親近，讓喜歡聽故事、讀故事的孩子，長大後也能說故事、寫故事，於是中國經典文學的精華就能這麼一代一代傳誦下去。

林黛嫚

作者的話

東周的世界就在你身邊

這是一本改寫自歷史小說東周列國志的故事書。

故事年代起自西元前九世紀的周厲王，結束在西元前三世紀，秦王政兼併六國，統一天下。由於東周列國志共計一百零八回，跨越的時間差不多五六百年，在有限的篇幅下，筆者難以將所有的事情一一交代清楚。因此，除了描述故事背景的楔子外，筆者將本書分為十個章節，以人物作為主軸，並且，將他們兩兩成對，相互比較，構成本書的主要結構。

所以，各位可以在這些故事裡看到兄弟鬩牆的鄭伯與共叔；也可以看到相互提攜的鮑叔牙和管仲；也有晉惠公貴為國君但忘恩負義，未開化的野人卻知恩圖報的諷刺對比；更有不惜割肉給晉公子重耳，但當重耳登基時，自己卻躲避山林的介子推；還有各為報仇與救國流下眼淚的伍子胥與申包胥；以及為了復國而忍辱負重的夫差和句踐；當然，膾炙人口的背信忘義之作——孫臏與龐涓，也沒有被筆者遺忘；而與孫、龐兩人師出同門，卻不靠兵馬，反靠口才打天下的張儀和蘇秦，則緊接在孫臏與龐涓之後上場。第九章，將相和調而使得秦國不敢越雷池一步的藺相如與廉頗，讓我們看到合作無間，摒棄前嫌的重要；最後，也是本書的完結篇，一個出身市井，看來遊手好閒的荊軻，卻能通過層層關卡，進到秦王身旁，展開一場「荊軻刺秦王」的好戲，而東周列國的故事，也在此結束。

總之，在這本東周列國志裡，記載的不僅僅是國與國之間的互相攻伐而已，在這五百年間，許許多多優秀的人才，為這段歷史留下可歌可泣的故事。這些具有豐富故事性的人物，就像天空的繁星點點，將東周的夜空，點綴得美麗不已。他們有的來自諸侯將相之府，有的出身於市井小民之家，但無論來自哪裡，他們的所作所為，

都是為人津津樂道的。在這些故事裡，我們看到人們對於國家的忠、對於父母的孝、對於朋友的信、對於部下的義；同時，我們也看到人們的詭詐、狡猾、欺騙與邪惡。我們可以說，這不單單只是東周的社會現象，恐怕也是現代社會的縮影吧！因為，在你我現今所處的時代中，人與人的關係就是這樣，有好人，有壞人；有聰明人，有愚拙人；有高貴人，有低賤人；有忠有奸、有明有暗，有黑，當然也有白。因此，筆者將這些數千年前的歷史人物，一一拿來作對照，以他們的言行舉止，作為我們處世為人的一面鏡子。

　　當然，筆者必須承認，並不是每一章節當中的兩個人物，都是旗鼓相當，占有同樣分量的雙主角，總是有的角色比較吃重，有的則顯得輕描淡寫。但也因為這樣，我們可以從其中一個人身上，對比反襯出另一個主角的優缺點，這是筆者初次的嘗試，希望你們會喜歡。

　　最後，筆者還是不免要嘮叨的提醒各位，對於故事裡的人名、地名不要太過在意，對於人物彼此之間的互動，可以多花一點心思來想像。因為，這樣會讓你們免去許多枯燥的情緒，並且更快進入故事的情境當中，我想，這會讓本書讀起來更有意思。

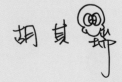

東周列國志

目次

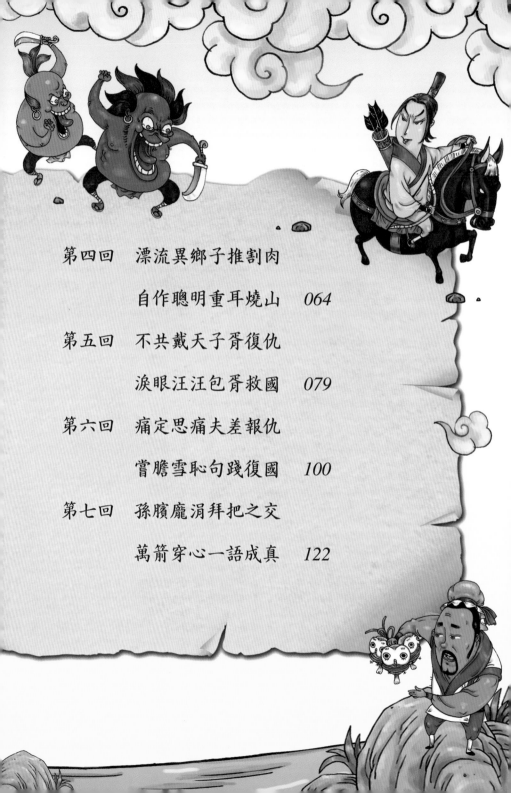

導讀　關於東周列國志

這是最好的時代，也是最壞的時代；
這是智慧的時代，也是愚蠢的時代；
這是篤信的時代，也是疑慮的時代；
這是光明的季節，也是黑暗的季節；
這是希望的春天，也是絕望的冬天；
我們什麼都有，也什麼都沒有；
我們全都會上天堂，也全都會下地獄。

　　這是英國文豪狄更斯 (Charles Dickens) 在他的名著雙城記中開場的一段引文。這段文字所描寫的是法國大革命時代的社會，若我們將它用來描繪本書所寫的東周時期，可謂再適合也不過了。

　　東周，是中國歷史上政治、軍事最為混亂的朝代之一，但卻也是思想發達、人文薈萃的一個年代。歷史學者把周朝分為西周與東周兩個階段，並且以周平王將首都由鎬京遷到雒邑作為分界點。在周朝剛剛建立的時候，由於歷任的幾位君王都相當的努力勤奮，所以整個國家充滿了欣欣向榮的榮景。百姓們安居樂業，過著愉快的生活；君王和文武百官也都認真負責，把國家治理得井然有序。

　　周朝是以封建制度組成的國家。什麼是「封建制度」呢？簡單的說，封建制度就是將整個國家的政治，由一層層不同階級的人組合起來，最上層的是周王，大家都尊稱他為「天子」，也就是「上天的兒子」，是天下百姓共同的主人。天子之下有許許多多不同階級的官員，他們有的是天子的親戚，有的則是對王朝有功的大臣，這些人，我們都稱他們為「諸侯」。所以，整個周朝的政治看起來就像一座金字塔一樣。

除了這種象徵意義的權威外，天子還擁有首都周邊領土的政治、經濟以及軍事權力，這塊領土叫做「王畿」，意思就是「天子的土地」；而其餘的領土，便按照一定的規矩分封給諸侯。諸侯掌管地方的稅收與政治，但諸侯對中央政府也有繳稅和保護天子安全的義務。

諸侯分為五個等級的爵位，分別是：公、侯、伯、子、男，封國領土的大小，以及他們可以擁有軍隊的多少，都得按照爵位的等級來分配。所以，在封建制度下，無論是農業生產、軍事行動、爵位繼承，都受到嚴格的約束，有一定的規矩和步驟。由於有這樣的規範，讓周朝維持了很長一段時間的穩定與繁榮。

這樣一個井然有序的國家，為什麼會變得混亂呢？東周列國志的作者認為，關鍵就在他書中所提到的那位女孩子——褒姒。褒姒的來歷，根據東周列國志作者所引述的傳說，可以追溯到周朝的第十代君王周厲王時期，也就是本書一開始所說的楔子。緊接著，當西周被犬戎所滅之後，周平王把首都遷到了雒邑，東周正式開始。但由於這場混亂肇因於王室內部的糾紛，而混亂又是靠著諸侯的力量才平定，因此，自周平王以後的周王，地位也就大不如前，原本約束國家的封建制度蕩然無存。於是，一段又一段精彩的故事，便在這個既混亂又豐富的時代裡展開。

東周列國志與一般的小說不同，在於一般的小說大多是虛構的。即使像是封神演義、水滸傳或西遊記這類的小說，雖然有一段歷史作為故事背景，但是其中的人物、情節多半是作者虛設出來的。而東周列國志所記載的故事，則大多可以在重要的史書中獲得印證。也就是說，這是一本歷史小說，小說化的歷史，讀起來便不覺得枯燥，但也不會脫離歷史的真實性，所以，讀過一遍東周列國志，

就等於看過了一遍東周的歷史。

　　一般認為，東周列國志的作者是明代的余邵魚，但近代的學者鄭振鐸認為，作者應該是明代末年的馮夢龍。之所以會有這樣的爭議，是因為明代「講史派」小說的蓬勃發展。講史派小說，是延續自宋代的一種表演形式——說話，這種流傳於民間，講唱故事的表演藝術，將故事以生動的方式傳講出來。其中將史書中的片段擷取下來再加以發揮的便是講史派。而東周列國志一書的底本，便是來自於這種講史派的表演劇本。

　　元末三國演義的作者羅貫中，是最早將講史表演轉化為長篇講史小說的人。到了明代中期，許多類似的長篇講史小說一一被創作出來，前面提過的余邵魚便是在這個時候創作了以東周歷史為底本的列國志。現存可見的十二卷本列國志，從周武王滅商紂王的故事開始，一直講到秦始皇兼併六國。由於故事的背景與現今的東周列國志相似，早期的學者才會以為余邵魚的列國志就是東周列國志。

　　明代末年，馮夢龍根據左傳、國語、戰國策與史記等書，重新編寫了一百零八回的新列國志。到了清代，蔡奡又將這本書經過整理與評註，才成為我們現在看到的東周列國志。

　　由於東周列國志的原型是由講史的體例演變而來，加上故事的時間跨越了五百多年，難免發生一些前後不一、時間錯亂的矛盾。但是，這樣的錯誤對於東周列國志而言是瑕不掩瑜的。因為歷史小說所要傳達的，未必是一段段百分之百真實的歷史，即便是所謂的「正史」，其實也是作者主觀的思想所寫出來的，無法達到百分之百的真實。但歷史小說不同的是，它在接近真實的前提上，增加了許多扣人心弦的情節，使讀者讀起來可以更加投入在這段歷史當中。書中許多忠孝節義的事蹟，雖然不免參雜了作者的誇大筆法，但是，卻也提供了讀者

一個賞善罰惡，是非分明的價值觀。因此，我們在閱讀東周列國志的時候，未必要帶著一支「偵探型」的放大鏡去檢視每一件事情的真假，反倒應該泡一杯香醇的咖啡，以一種享受的心情來品味這本書。因為，即便是最壞的時代，還是充滿了各式各樣值得讓人玩味再三、興味盎然的有趣故事。

寫書的人
胡其瑞

　　筆名出谷司馬，臺北市立建國中學畢業，政治大學歷史系碩士，現任中央研究院歷史語言研究所研究助理，並於政治大學宗教研究所攻讀博士學位。偶爾喜歡在部落格裡寫寫散文，發發牢騷；偶爾喜歡投投稿，然後因為文章被刊登而高興十天半個月。曾於報紙上發表餓的話，每日熬一鷹、兵變俱樂部、我的情報局鄰居們、兩個女人的戰爭以及我的 DIY 老爹等散文。著有三民書局「世紀人物 100」系列叢書舌燦蓮花定天下：張儀、石頭將軍：吳起、運籌帷幄，決勝千里：張良以及轉危為安救大唐：郭子儀等書。

東周列國志

楔 子

　　老賈是周厲王的掌庫官，負責看管王宮庫房內堆積如山的寶物。有一天，當老賈正在打掃庫房的時候，無意間發現一堆雜亂的箱子下，竟然隱隱發出藍光。他搬開箱子，見到發光的是一個小巧精緻的匣子，便小心翼翼刷去匣上的灰塵。只見匣子上面刻著幾行看不懂的文字，並且用黃色的封條封住，好像要將什麼東西封印住一樣。

　　好奇的老賈將匣子放在一旁，翻起庫房清冊，想知道這到底是什麼玩意兒。這時，兩個小宦官奉命來庫房領東西，老賈隨口交辦屬下去找，便又埋頭查閱清冊。兩個小宦官領了東西，偶然看到匣子正發出淡淡的藍光，一時好奇，順手帶走了匣子。老賈看清冊看得出神，一點也沒有發現。

　　「有了！」老賈翻到一本泛黃的清冊，上面寫著：「夏，龍涎匣」。一旁還有幾行小字，註記著這個匣子的來歷。匣上是夏朝的文字，記載桀王的時候有一天

發生了怪事，天上降下兩隻飛龍，在地上停了很久才飛走，只留下一灘口水。因為史官說飛龍的口水是吉祥的東西，所以桀王做了個匣子保存起來。

「原來是這樣啊！」老賈一抬頭，發現匣子不見了，大吃一驚，趕緊四處尋找，卻怎麼找都找不到。老賈仔細一想，剛剛進過庫房的，只有那兩個後宮的小宦官，八成就是這兩人偷走了匣子，於是老賈立刻趕往後宮。

老賈才剛踏入後宮大門，突然聽到一陣悶雷，抬頭一看，只見一隻小龍從後宮裡竄出，兩個小宦官躲在門旁發抖，而那匣子的封條已被揭開，老賈知道自己來晚了一步。這件事如果被王上知道了，可是殺頭的大罪！為了逃避責任，老賈便與小宦官悄悄商議，誰也不能把這件事洩漏出去。有關匣子的記載，也立刻被老賈銷毀了。

過了幾天，一位宮女在後宮院子裡散步，走著走著，看到地上隱約有藍光，走近一看，是一灘小水窪。宮女好奇的用手沾了沾小水窪的水，頓時有一種暖暖的感覺流過全身，沒想到幾天之後，她竟然懷孕了。

　　原來，這水窪是那隻小龍所留下的口水，就是這奇妙的口水，讓宮女懷了孕。屬王發現宮女肚子莫名其妙大了起來，很生氣的把她關在宮中大牢。說也奇怪，人家懷胎十月就生產了，這宮女一懷竟然懷了四十年。

　　四十年過去了，屬王已經過世，宣王即位，懷孕的宮女也就漸漸被人遺忘了。有一天，宣王在外巡視民情，突然聽到一群孩子在唱歌：

　　　月亮圓又亮，日頭灰茫茫，
　　　桑木弓箭射呀射，國家就要被滅亡。

　　宣王聽了很生氣，把這些孩子叫來，問：「是誰教你們唱這首歌的？」

　　孩子們很害怕，吞吞吐吐的回答：「這……是、是、是……一個穿著紅、紅衣服的小孩教、教我們唱的……可、可是他一唱完……就、就不見了。」

　　宣王把這些孩子臭罵了一頓，禁止他們再唱這首歌後，悶悶不樂的回到王宮。宣王把事情的經過告訴負責占卜的史官，史官卜了一卦，對宣王說：「啟稟王

上，這是凶兆！月亮明，太陽暗，表示陰盛陽衰，太陽指的是王室，月亮指的是後宮中的女人。可見後宮將有女人會對王朝不利。桑木，就是『喪』的意思，表示國家將有壞事降臨。弓箭則代表將發生戰事，請王上多加留意。」

宣王說：「可是寡人看後宮之中，沒有什麼奇怪的事情發生啊！不然寡人問問王后好了。」於是宣王來到後宮。王后聽完宣王的話，便對宣王說：「如果真要說怪事倒是有一件，就是先王時曾有一個宮女莫名其妙的懷了孕，而且一懷就是四十年。昨天夜裡，這宮女突然生了個女兒，史官說的會不會就是這件事？」

「那這女娃兒的下落呢？」宣王著急的問。

「我想這女娃兒躲在娘胎裡四十年，不是妖孽就是怪物，所以叫人把她裝在籃子裡，丟到御花園的水溝了。後來，我又命令宦官去查看，他們說籃子不知道漂到哪兒去了。」

「快派人去找！一定得確定這女娃兒已經死了，不然，將來一定對我朝不利！」

宣王派出了許多人四處打聽女嬰的下落，可是怎麼找都找不到。宣王不放心，除了繼續尋找女嬰，更下令全國禁止用桑木製作任何兵器，違者處死。但有

5

一對剛從鄉下來到城裡的夫婦，並不知道這個禁令，依舊帶著桑木做成的弓箭到市集販賣。巡邏的士兵發現後，立刻要將這對夫婦捉起來。男子看情勢不對，拔腿就跑，他的妻子卻來不及逃走，當場在市集內被處死。男子聽到妻子被殺的消息，傷心的來到河邊想要投河自盡，卻看到一個奇特的景象。

有一群鳥兒圍繞著河面上的一個籃子不斷的啼叫，邊叫邊把籃子拉到岸邊。男子覺得好奇，將籃子打開一看，裡面竟然是一個白胖胖的女嬰。他心裡想：「這個被人拋棄的女娃兒，卻被這群鳥兒如此呵護，將來一定是個不平凡的女子。被我碰到也是有緣，就讓我把妳撫養長大吧！」於是男子放棄了輕生的念頭，將女嬰抱出籃子，投奔褒城的親戚去了。

過了許多年，宣王去世，當初的女嬰也長成一個亭亭玉立的女子，養父幫她取了個名字，叫做褒姒。褒姒長得相當美麗，名聲漸漸傳了開來。後來，消息傳到了新即位的幽王耳中，好色的幽王立刻就將褒姒納為自己的妃子。但誰也想不到，褒姒就是當初宣王急於想要除滅的那個女娃兒。

褒姒雖然漂亮，卻不曾在幽王的面前笑過。為了

逗褒姒笑，幽王請來全國最逗趣的小丑，在褒姒的面前表演各式各樣滑稽的動作，又說了好多的笑話，旁邊的人都忍不住笑得東倒西歪了，可是褒姒卻依舊不笑。

　　為了討褒姒歡心，幽王日夜都陪在褒姒的身邊。幽王的妻子申王后對此非常不高興。一日，王后來到褒姒住的瓊臺，沒想到褒姒竟然對王后不理不睬。王后非常生氣，正要開罵，幽王趕緊出來打圓場，說：「王后不要生氣，褒姒才剛進王宮，很多禮節都不懂，妳就不要為難她了。」王后因為幽王在場，不便多說什麼，只好氣呼呼的離開了。

　　太子宜臼聽說了這件事，趕忙前來問候母親，王后便把一肚子的苦水全都跟宜臼說了。宜臼生氣的說：「母后請放心，孩兒一定幫您出這口氣！」

　　王后看宜臼一副要去找褒姒理論的樣子，趕忙阻止他：「臼兒你現在是太子，做事情不可以太莽撞。要三思而後行啊！」

　　但宜臼並沒有把王后的告誡聽進去。

　　第二天，宜臼趁著幽王上朝的時候，

派人到瓊臺的花園去摘花。瓊臺的僕人們立刻跑出來阻止，雙方吵得不可開交，驚動了褒姒。褒姒來到花園裡，正想要問清楚原因時，太子突然出現，二話不說就抓著褒姒的頭髮打了好幾拳。直到褒姒的僕人上前營救，太子才罷手。

褒姒不甘心被欺負，一狀告到幽王那邊，並且哭哭啼啼的加油添醋。氣得幽王下令將宜臼趕到他外祖父，也就是王后父親申侯的封國去，要他在那邊好好反省。從此，王后因為失寵，加上和宜臼相隔兩地，只能每天以淚洗面。

就在這段期間，褒姒生了一個兒子，取名叫做伯服。幽王對這孩子疼愛有加，甚至想要改立伯服為太子，並且讓褒姒當王后。可是，廢立太子與王后的事情非同小可，一時之間也找不到什麼理由可以這樣做。

過了好一陣子，王后託人帶信給宜臼，希望他能向幽王認錯，想辦法先回宮中再作打算。但沒想到送信的人一出宮門，便被褒姒的爪牙逮個正著，搜出這封信，讓褒姒有了大作文章的機會。

褒姒到幽王的面前聲淚俱下的說：「王上你看！王后叫太子想辦法回

到宮中再作打算，就是要等大王駕崩以後，好好對付我們母子！我看大王不如先把我跟伯服都殺了，免得我們以後受苦！」

幽王聽了很生氣，原本他就想要廢掉太子和王后了，如今聽完褒姒的話更是讓他下定決心，第二天就下詔，以王后無德，太子無能為理由，廢掉申王后與宜臼，同時改立褒姒為王后，伯服為太子。

原本以為褒姒當上王后會開心的大笑，沒想到她還是一樣冷冰冰的，怎麼都不肯笑，這可讓幽王煩悶極了。

有一天，幽王與褒姒在城樓上面散步，褒姒看到城牆上一座又一座聳立的高塔，便好奇的問幽王：「這塔是作什麼用的？」

幽王回答：「這個叫做烽火臺，是傳遞訊號用的，當有敵人來攻打寡人的時候，只要點起烽火，諸侯看到這些烽火信號，就會帶著軍隊來保護寡人。」

「真的嗎？」褒姒懷疑的問，「我才不相信，那些諸侯會這麼聽話？」

被褒姒這樣一問，愛面子的幽王立刻下令點起烽火。

東周列國志

「可是，」守城的將軍為難的說，「大王，現在沒有戰事，怎麼能隨便點烽火呢？」

「寡人叫你點就點，難道你敢抗命不成？」

守城將軍不敢違抗王命，只好下令點起烽火。於是，一座又一座的烽火臺，依序飄起了陣陣白煙，直達天際。

不到半天的時間，只見遠處黃沙滾滾，原來是各地的諸侯以為有敵人進攻，陸續發動大軍前來保護<u>幽王</u>所揚起的煙塵。可是因為事出突然，這些諸侯大軍根本來不及好好準備再出發，所以有的人忘了穿盔甲，有的人只穿了一隻鞋，有的人騎馬忘了帶馬鞍，有的人帶了馬鞍卻忘了騎馬。

看到諸侯大軍古怪的樣子，<u>褒姒</u>覺得真是好笑極了。尤其當諸侯知道根本沒有敵人進攻之後，臉上露出那種「被騙了」的倒楣表情，讓<u>褒姒</u>不禁「噗嗤」笑了出來。<u>幽王</u>看到<u>褒姒</u>的笑容，簡直比天上的仙女還美，高興的問<u>褒姒</u>：「什麼事情讓王后這麼高興？」

「哈哈！」<u>褒姒</u>邊笑邊說，「這些諸侯這樣東倒西歪的來到這裡，後來才發現是白忙一場的表情，真的太有趣了！大王不覺得好笑嗎？」

「沒錯，好笑！真的好笑！太好笑了！王后說得

真是太對了！」沒有什麼事情比讓褒姒笑更令幽王高興的了。

從此以後，幽王為了逗褒姒開心，動不動便下令點燃烽火，好騙諸侯發動大軍前來鎬京。

一開始，這些諸侯都會立刻趕來，但是，當他們到了以後發現什麼敵人也沒有，只有幽王和褒姒兩人在城樓上嘲笑他們時，心裡真是氣死了。隨著幽王欺騙諸侯的次數越來越多，願意趕來的諸侯也就越來越少了。

後來，真的有敵人來攻打幽王，但是即使幽王燒了再久的烽火，也看不到半個諸侯前來。而發動軍隊來攻打鎬京的，不是別人，正是申王后的父親——申侯。

自從申王后被廢之後，申侯非常生氣，曾上奏幽王說：「夏朝的桀王因為寵愛妹喜而亡國，商朝的紂王因為寵愛妲己而毀了國家，如今大王隨意廢立王后、太子，都是受了褒姒的妖言所惑，請大王三思。」

幽王看了奏章非常生氣，一些愛拍馬屁的大臣在一旁煽風點火的說：「申侯是因為申王后的緣故才能封侯的，如今申王后被廢，照理說也該把他的侯位廢掉。

現在他又對大王不敬，大王應該發兵攻打申侯，讓其他的諸侯有所警惕。看誰以後還敢違抗大王的命令！」

這消息傳到申國，申侯得知幽王大軍即將攻來，緊張得不得了。因為幽王軍隊的數目，是自己軍隊的好幾倍，這場仗怎麼可能打得贏呢？這時申侯的謀臣建議：「主公不妨向塞外的犬戎借兵，先發制人，攻進鎬京後，再立宜臼為王。」

犬戎是活躍於周朝國土西方的一群游牧民族，一直以來都和周朝處於緊張的對立關係。嚇壞的申侯覺得現在也只有這個方法可行，趕緊寫了封信給犬戎酋長，希望犬戎可以發兵幫助申國討伐幽王。犬戎酋長覺得這是個入侵中原的大好機會，立刻就答應了。但他表面上是幫申侯攻打幽王，讓宜臼復位，但實際上是為了要到中原來過過當天子的癮。

犬戎大軍像洪水一樣，撲天蓋地襲向鎬京。在沒有諸侯軍隊前來相救的情況下，鎬京很快就被犬戎大軍攻破。幽王被殺，褒姒被抓走，應驗了那紅衣小孩所唱的歌，褒姒這個後宮女人幾乎把整個周王朝的江山給斷送了。

東周列國志

所謂「請神容易送神難」，對犬戎來說，中原的富

庶生活，比起他們整天養羊放牛的日子，不知道好過幾百倍。因此，他們決定待在鎬京，再也不走了。為了讓他們離開，申侯想盡辦法滿足犬戎酋長提出的要求，但都徒勞無功。

無計可施的申侯只好偷偷寫信向北方的晉國、東方的衛國以及西方的秦國借兵，要他們幫忙把犬戎趕走。三方的諸侯雖然不願意聽從申侯的命令，卻更不願意看到犬戎霸占鎬京，於是共同發兵前來。犬戎的軍隊雖然兇猛，但看到諸侯國的大軍攻來，自知不是諸侯軍的對手，便逃回塞外去了。

趕走犬戎之後，諸侯迎回宜臼，並擁立他成為新的周王。當周王回到鎬京時，眼前竟是一片殘破不堪的景象，原先的繁榮樣貌已經消失無蹤。在大臣的建議下，周王決定把京城遷到東邊的雒邑，打算在此重新開始，延續先王所建立的基業。

按照周朝的禮法制度，每年各諸侯都要到京城向周王進貢。可是，當周王把京城遷到雒邑之後，漸漸的，有些諸侯便常常在朝貢的大典上缺席了。

「嗯？怎麼今年又少了這麼多諸侯？」周王不解的問大臣。

「微臣不知⋯⋯」大臣們支支吾吾

的，好不容易才擠出幾個字。

「不知？」周王生氣的說，「連這個都不知道，你們還有什麼用處？你們立刻召集大軍，寡人要好好教訓這些不聽話的諸侯！」

「大王，萬萬不可！」大臣們趕緊阻止：「大王才剛在雒邑安頓好，現在人心未定，如果又出征，恐怕對大王不利！而且犬戎亂後，您把許多王畿封賞給有功諸侯，王畿的範圍已經縮小，軍隊的人數和戰鬥力都比不上先王那時候，現在發兵萬萬不可！」

「你們說這什麼話？」周王聽到這些洩氣的話，氣得不得了。但是其實他心裡知道，大臣說的都是實話，周王室衰弱的狀況他也很清楚，只是不肯承認罷了。

沉默許久之後，周王只能宣布退朝，拂袖而去。他哪裡想得到，諸侯不肯前來進貢只是破壞禮法制度的開端而已，從此之後，有的諸侯甚至違背繼承制度，發生了諸侯國內兄弟自相殘殺的悲劇……

第一回　偏心母后溺愛共叔
寤生殺弟兩敗俱傷

　　鄭國的諸侯鄭公有兩個兒子，老大叫做寤生，老二叫做段。寤生是母親姜夫人在睡夢中生下來的，他出生的時候，姜夫人一點感覺都沒有，直到隔天醒來之後才發現孩子已經出生。對於這段經歷，姜夫人感到十分不舒服，也因此不喜歡這個兒子，將兒子取名為寤生，就是在睡夢中出生的意思。而第二個兒子段不僅長得一表人才，武藝又高強，尤其是射箭，幾乎百發百中。因此，姜夫人特別偏愛段，常向鄭公說段有多賢能，寤生有多差勁，希望段能取代寤生成為鄭公的繼承人。

　　對於姜夫人的要求，鄭公並不同意，他對姜夫人說：「夫人這麼說就不對了，長幼有序，這是先王立下的規矩。先王不就是因為立了伯服當太子，擾亂禮法，最後才遭到犬戎攻打，差點葬送了整個王朝？更何況，寤生又沒有做錯什麼事，怎麼可以說廢就廢呢？」於

是仍然依禮立了寤生為世子，也等於正式宣布將來由寤生接替自己的位子。而段則被封為共叔，只分到小小的一個共城。

　　沒多久，鄭公過世了，寤生成為鄭國的國君。姜太后心疼共叔僅僅得到一座小城，心中非常不高興，便對寤生說：「你看看！你繼承了父親的大位，享受榮華富貴，結果自己的親弟弟卻只住在小小的一個共城裡，你這個當大哥的，這樣做對嗎？」

　　寤生不敢得罪母親，便對姜太后說：「那麼，母親的意思是⋯⋯？」

　　姜太后說：「我看你就把制邑這塊地分給他吧！」

　　「制邑？」寤生詫異的說，「制邑是掌握京城滎陽最重要的關卡，父親曾經交代過，無論如何制邑都不可以分封給任何人。可否請母親選別的地方呢？除了制邑以外，孩兒都可以答應。」

　　「那你就把滎陽分封給段兒吧！」姜太后冷冷的說。

　　「啊？」寤生驚得一時說不出話來。制邑掌握京城安危，不能分封是理所當然的事情，沒想到姜太后竟

東周列國志

然想把更重要的京城分給共叔。

一看寤生面有難色，姜太后生氣的說：「要你分這個也不行，分那個也不行，我看乾脆把我和段兒一起趕出去，讓我們自生自滅好了。」說完就頭也不回的走了。

第二天上朝的時候，寤生宣召共叔，打算把京城分封給他。大臣祭足趕緊阻止說：「這還得了？天上不能有兩個太陽，國家也不能有兩個國君。京城是全國的命脈，也是諸侯地位的象徵，怎麼可以分封給別人？更何況共叔是太夫人所疼愛的孩子，要是把京城分封給共叔，豈不是告訴百姓說現在有兩個國君嗎？這樣將來一定會出亂子的！」

寤生嘆了口氣說：「祭足說的沒錯，可是這是母親的命令，寡人也不能違抗啊！」寤生不顧大臣的勸阻，還是把滎陽封給了共叔。

共叔得到了京城，去向姜太后報告這個好消息。姜太后支開旁人，悄悄的對共叔說：「你哥哥先前不念兄弟之情，對你這麼不好，今天他把滎陽分給你，還

是我這個作母親的苦苦哀求，他才勉強答應的。我怕哪天我死了，你哥哥又會像以前那樣對你，所以你到了京城之後，一定要偷偷訓練自己的軍隊，等到時機成熟了，我當你的內應，把鄭國奪回來！你如果可以取代你哥哥當上鄭國國君，我就死而無憾了！」

共叔聽完姜太后的話，也覺得很有道理，便開始盤算要怎麼發動政變，好奪取國君之位。

自從共叔取得了京城，鄭國的百姓便尊稱共叔為京城太叔。有一天，太叔找了管理京城政經大權的兩位官員來，偷偷的囑咐他們：「我哥哥把這裡封給我，從今以後，所有的稅收和軍隊，都要歸我。你們懂嗎？」

兩個官員早就知道太叔很有可能取代寤生成為國君，因此不敢得罪他，只能答應。之後，太叔更利用打獵的名義，偷偷訓練軍隊，並且把城內一些地痞流氓都納入自己的軍隊中，等待機會，準備發動政變。

不過，紙是包不住火的。太叔的行徑，已經傳到寤生與大臣的耳中。大臣紛紛勸諫，要寤生早早行動，對付太叔。

對於大臣的擔心，寤生倒是笑著說：「各位多慮了。段是母親的愛子，又是寡人的弟弟。寡人寧可失去一

些土地，也不想傷害我們的兄弟之情，更不能違背母親的心意。」

「主公千萬不能這樣想，」公子呂說，「失去土地是小事，臣擔心的是整個國家都會被太叔奪走！現在京城內人心惶惶，大家都說有兩個國君在治理鄭國。主公再不採取行動，等太叔的羽翼豐厚了，人民搞不好都去投靠他，到那個時候就來不及了！」

「愛卿別再說了，寡人自有打算。」寤生說完就走了。

公子呂看寤生不聽勸告，便對祭足嘀咕：「主公為了兄弟之情，而沒有考慮整個國家的安危，將來一定會出事的！」

祭足說：「我想主公是聰明人，只是剛剛在大庭廣眾之下，也許有的話不方便說，不如我們私底下去見他，看看主公有什麼打算。」

於是，兩人暗中前去拜見寤生。寤生無奈的說：「你們說的寡人不是不知道，但是現在段又沒有叛變的行動，寡人要是先出手對付他，母親一定會從中阻撓，外人也會批評寡人，說寡人不孝或是不顧手足之情。寡人之所以放任他胡作非為，就是在等他叛變。一旦他行動了，出兵才有正當的理由，母親也不會有

怨言。」

公子呂說：「主公果然有遠見，看來是臣多慮了。不過，就怕太叔的勢力日漸壯大，到時候無法消滅他。」

「愛卿有什麼計策嗎？」寤生問。

公子呂回答：「事到如今，只有趁太叔的勢力尚未強大之前，先設計讓他叛變。臣有個主意，請主公假裝要去雒邑晉見周王，讓太叔認為這是個發動叛變的好機會。等他一有行動，我們就率領埋伏的軍隊一舉消滅他。」

「這個計畫太好了！我們就這麼辦！」得到寤生的同意後，公子呂和祭足告退，各自準備去了。

第二天，寤生宣布自己要到雒邑晉見周天子，不在國內的期間，政事交由祭足掌理。姜太后聽到這個消息，認為機不可失，立刻寫了一封信給太叔，與他相約五月初發動叛變。沒料到，公子呂早就派人埋伏在宮外，抓住了送信的人，將信搜出交給寤生。寤生看過信後，不動聲色的將信重新密封，另外派了使者送

23

信。太叔怎麼也想不到自己和母親的舉動早就被寤生掌握，興沖沖的回了信，與姜太后約定五月五日發動政變，請她當天在城樓豎起一面白旗作為暗號。使者拿到太叔的回信後，立刻快馬加鞭呈送給寤生。寤生暗自命令祭足和公子呂做好準備，並派人將回信送給姜太后。姜太后不知道一切已東窗事發，只是期待著五月五日的到來。

五月五日，太叔發動大軍，準備一舉奪下鄭國。而公子呂則部署了軍隊，並指派一些士兵假扮成商人的模樣在城中埋伏。一見到太叔的軍隊行動，埋伏的人立刻在城樓上點火作為信號。公子呂見到火光，便率軍隊殺來，和城內的部隊裡應外合，把太叔的先遣部隊殺個精光，同時公子呂還貼出告示，述說太叔是如何忘恩負義，一時全城的人民都開始指責太叔。

太叔聽到先遣部隊挫敗的消息，本想立刻發兵前去救援，但手下這群烏合之眾，聽到前方戰敗，已經跑了一半。剩下的那一半，聽到批評太叔不仁不義的言論，一下子就哄然而散了。太叔知道大勢已去，大喊：「都是母親害了我！我沒有臉見哥哥！」說完便自刎而死。

寤生在太叔身上找到了姜太后寫給他的信，於是

東周列國志

派祭足將信送去給姜太后，傳令將姜太后放逐到偏僻的潁地，並且發誓：「從今以後，不到黃泉，絕不與母親相見！」

潁地是個小地方，任何消息都傳遞得很快。自從姜太后被放逐到潁地之後，這邊的民風發生了很大的變化。許多人不再孝順父母，甚至有人把年老的父母趕出家門，不願意再奉養他們。

潁地有一個人叫做潁考叔，以孝順聞名，為人公正無私，熱心公益，喜愛幫助別人。有一天，潁考叔走在街上，突然聽到吵鬧的聲音。他好奇的湊上前去，原來是一個年輕人正在對著自己的母親破口大罵。

潁考叔看不過去，上前揪住那個年輕人的衣襟，對他說：「你怎麼可以用這種口氣對你的母親說話呢？」

年輕人甩開潁考叔的手，凶巴巴的回答：「主公都把自己的母親趕到我們這裡了，我為什麼不能把母親趕出家門？她又老又病，在我們家裡只會吃閒飯。」說完氣憤的走進屋子，「砰」的一聲，就把門關上了。

潁考叔扶起跌坐在地上的老婦人，一邊安慰她，一邊掏出幾個銅錢，讓她暫時先找個地方遮風避雨。

　　「唉！」潁考叔嘆了口氣，心想：「主公這樣做，雖然是因為太夫人做了不對的事。但是，儘管母親沒有做到母親該盡的責任，作孩子的，怎麼能不盡為人子女該盡的義務呢？我得好好想個辦法，不然這樣下去，恐怕沒有人懂得『孝順』二字了。」

　　潁考叔抓了幾隻名為「鴞鳥」的野禽，來到滎陽想要晉見寤生，但是卻被守衛給擋了下來。

　　「去去去！你一個鄉下人來這裡做什麼？主公不是你想見就可以見到的。」守衛看潁考叔土裡土氣的穿著，揮揮手就想把他趕走。

　　「官爺！我只是要送點野味給主公，這野味可是我們當地的名產，很多人想吃都吃不到呢！」

　　「什麼野味不野味？你再無理取鬧，別怪我對你不客氣！」兩人爭執的聲音越來越大，吸引了一大群看熱鬧的民眾，守衛深怕事情越鬧越大，只好派人向寤生稟報。過沒多久，寤生便把潁考叔叫進去問話。

　　潁考叔把來意說了一遍。寤生很好奇的問：「這是什麼鳥？」

　　「啟稟主公，」潁考叔回答，「這鳥叫做鴞，白天

不出來，晚上才抓得到，是我們潁地最好吃的一種鳥，因為很稀少，所以特別拿來獻給您。」

「是嗎？既然這麼稀少，豈不是應該好好保護？」

「可是這種鳥，幼小的時候由母鳥找食物來餵養牠，等到長大之後，子鳥就會把母鳥給吃了，所以我們當地都稱牠們為不孝鳥，恨不得牠們絕種。」

寤生聽了，若有所思的沉默許久。這時，正好到了吃飯的時間，寤生命令廚子割下一塊羊肩肉給潁考叔作為賞賜。不過，潁考叔不但沒有吃，反而用布把肉包了起來，收在懷裡。寤生覺得很奇怪，便問潁考叔：「你怎麼不吃呢？」

「啟稟主公，草民家中尚有老母親，她從來沒有吃過這麼好的食物。今日得到主公的賞賜，草民怎能自己獨享？所以想要帶回家中，讓母親享用。」

「你真是個孝子啊！」寤生說完後，長長的嘆了一口氣。

「主公為什麼要嘆氣呢？」潁考叔問。

「你有母親可以奉養，而寡人雖然貴為諸侯，卻無法像你一樣，對自己的母親盡孝道。」

潁考叔假裝不知道姜太后被放逐的事情，故意問：「主公不是有太夫人可以孝順嗎？」

於是，寤生便把姜太后與太叔共謀叛變，還有自己立下誓言的經過，從頭到尾說了一遍。

「主公，太夫人只有您和太叔兩個兒子，現在太叔已經死了，您是太夫人唯一的孩子，如果您不奉養她，豈不是跟這鴉鳥一樣嗎？」

「寡人怎麼會不知道該奉養母親的道理呢？寡人自從把母親送去潁地那一天起，便無時無刻不活在悔恨裡。可是，君無戲言，怎麼能隨意違背寡人的誓言呢？」

「要是主公只是發誓『不到黃泉，絕不與母親相見』的話……」潁考叔說，「草民倒是有個辦法。」

「是嗎？」寤生眼睛一亮，催促潁考叔，「快說！」

潁考叔說：「主公不妨在太夫人現在的住處挖一個地道，只要能挖到泉水，便在旁邊建一個樓梯和房子，讓太夫人在那兒等您，這樣不就是到了黃泉嗎？而主公您們母子倆也可以相見了。」

「這個想法太棒了！」寤生高興極了，立刻叫人

照穎考叔的方式去做。挖了沒多久，就看見泉水不斷湧出。工人們建好樓梯和屋子後，穎考叔便前往迎接姜太后。

終於到了要見面的日子，寤生來到「黃泉之室」，一見到姜太后立刻跪下，哭著說：「寤生不孝，讓母親受苦了，請您原諒！」

姜太后也老淚縱橫，扶起寤生說：「都是我的不對。」兩人抱頭大哭。寤生帶著姜太后回到地面，扶她上車，並親自駕車載著姜太后回滎陽。國人見到主公母子重修舊好，個個歡欣鼓舞，夾道歡迎。之後寤生對穎考叔說：「這都是你的功勞，讓我們母子可以相見！」說完立刻下令封穎考叔為大夫。而穎地原本被遺忘的孝道風氣，也隨著寤生母子的重逢，重新被重視了。

鄭國這頭好不容易才母子重逢，齊國那邊卻發生了兄弟爭權的事情。

第二回 大度叔牙謙讓管仲 齊公即位不計前嫌

　　齊國有一個人叫做管仲，長得一表人才，身材魁梧，而且博學多聞，上通天文，下知地理。管仲有一個好朋友名叫鮑叔牙，兩個人一起做生意。可是，每次要分錢的時候，管仲總是多拿了一倍的錢。鮑叔牙的朋友看不過去，便對鮑叔牙說：「你看這個管仲，做的事沒有比你多，分的錢卻是你的兩倍，真是太不公平了！」

　　鮑叔牙不以為意的說：「你別這麼說，管仲家裡比較窮，多拿一點錢是應該的。」

　　朋友又說：「我聽說管仲是個貪生怕死的人，之前他隨軍隊出征，每次遇到兩軍對峙的時候，他總是躲在最後；等到軍隊要回來的時候，他卻又跑第一。」

　　鮑叔牙笑笑的說：「唉呀！管仲家裡有老母親需要奉養，如果他戰死了，老母親怎麼辦呢？」

　　無論管仲做了什麼旁人看起來很糟糕的事，鮑叔

牙總是找理由幫他說話，認為別人錯怪了管仲。後來，管仲知道鮑叔牙說的這些話，非常感動，和鮑叔牙成了莫逆之交。

有一天，管仲對鮑叔牙說：「叔牙兄，我看我們倆這樣做生意，可能一輩子都沒有辦法做出什麼大事業。我聽說現在的主公為人雖然荒淫無道，但是他的孩子們中卻有兩個特別賢能，一個叫糾，一個叫小白。主公有意從這兩個孩子當中挑選一個作為繼承人，目前正在尋找可以輔佐他們的人才，不如我們兩人一人投靠公子糾，一人投靠公子小白，不管未來是哪一位公子繼承了主公的位子，我們再推薦對方給主公。你覺得如何？」

鮑叔牙覺得管仲的話很有道理，兩人便結束生意，管仲投靠了公子糾，鮑叔牙則去輔佐公子小白，兩人分別擔任兩位公子的老師。後來，管仲和鮑叔牙見齊國主公越來越不像樣，擔心不久之後國家將會大亂，便各自建議兩位公子投奔他國，暫時躲避風頭。於是，公子小白前往莒國；公子糾則到他母親的娘家魯國去了。

不久之後，齊國果然發生內亂，主公被殺，國家

被<u>無知</u>篡奪了。不過，<u>無知</u>也不是個好國君，在位一個多月就被大臣殺害。大臣商議，先君的孩子們中，就數<u>糾</u>和<u>小白</u>最為賢能，但是現在兩位公子都在國外，只好看哪一位公子先回到<u>齊國</u>的京城<u>臨淄</u>，就擁立他為主公。

在<u>魯國</u>的公子<u>糾</u>率先獲得消息，<u>管仲</u>立刻向<u>魯</u>公報告，希望能夠借些兵馬護送公子<u>糾</u>回國。為了幫助公子<u>糾</u>早日即位，<u>魯</u>公不但借了兵馬，還陪同公子<u>糾</u>回<u>齊國</u>，要親自送他坐上<u>齊國</u>國君的寶座。<u>魯國</u>大軍日夜趕路，希望能早日抵達<u>齊國</u>。而公子<u>小白</u>所在的<u>莒國</u>離<u>齊國</u>較近，所以雖然出發得較晚，也很快的到達了<u>齊國</u>的邊境。

<u>管仲</u>聽到<u>小白</u>已經跑在前頭，立刻快馬加鞭，追上了他們。正巧遇到<u>小白</u>一行人在吃飯，<u>管仲</u>便上前對<u>小白</u>假惺惺的說：「公子，好久不見了，不知您現在打算往哪兒去？」

<u>小白</u>回答說：「我父親過世了，作孩子的，當然得回去奔喪啊！」

「公子<u>糾</u>是您的大哥，奔喪這種事情應該由大哥來處理，我看就不用麻煩您跑這一趟了。」

<u>鮑叔牙</u>聽了，不禁生氣的說：「<u>管仲</u>！公子要去哪

裡，是他的自由，不是你可以管的！今天我們各為其主，你可以走了！」他伸手一揮，莒國派來幫助小白的護衛隊紛紛拉起弓箭，對著管仲。

管仲看苗頭不對，假裝告退，卻獨自一人悄悄的來到對面的山頭，找了一個有利的位置，拉起弓箭，瞄準小白，「颼」的射了一箭，正好命中小白的腰間。小白「啊」的慘叫一聲，口吐鮮血，倒在地上。管仲以為小白已死，立刻馬不停蹄趕回去向公子糾報喜。

鮑叔牙見小白中箭倒地，急忙來救，正在慌亂的時候，小白的嘴唇突然微微的動了一下，悄悄的說：「老師不用擔心，我沒事。」

鮑叔牙還沒回過神，只聽見小白繼續說：「管仲只射到我的腰帶，但是我知道他是個神射手，只怕他再射一箭，我就躲不掉了。所以，我把舌尖咬破，假裝吐血。」鮑叔牙不敢作聲，就怕消息走漏。他叫人找來一口棺材，將小白的「屍體」放進去，自己則駕車載著棺材，走小路趕往臨淄。而公子糾這邊，因為大家都以為小白已經死了，一群人也就悠悠哉哉的慢慢往前走。

鮑叔牙和小白很快就到了臨淄，裝著小白的棺材被運到大殿上。大臣們看到從棺材裡爬出一個人，差

點被嚇死。仔細一看，才知道原來裡面的人是小白。由於小白先回到了臨淄，眾人便擁立小白為主公。

而當公子糾正悠閒的作著即位大夢的時候，突然聽到齊國派遣使者來求見。公子糾開心的說：「這些大臣們反應還真是快，知道我要即位，立刻派人過來迎接我了。」說完高高興興的接見了使者。

「啟稟公子，公子小白已經即位為主公，主公下令請公子不用回國了！」

「什麼？」公子糾回頭看了管仲一眼，「小白怎麼可能還活著？」

「這是不可能的！」管仲也很吃驚的說：「臣確實射中了小白，當時……」

「確實？」公子糾打斷管仲的話，「那現在在臨淄的那個人是誰？你說啊！」管仲無法回答公子糾的問題只好閉嘴，不敢再多說什麼。

聽到這個意外的消息，魯公不免埋怨：「小白即位，那我這一路不是白來了嗎？」

管仲說：「不會的，以微臣之見，小白剛剛即位，人心未定，如果我們馬上進攻，他一定來不及防備。

到時候鹿死誰手還不知道！」

　　沒想到魯公反而生氣的說：「哼！如果你的話可以相信，小白早就已經死了！」於是魯公與各將領慢慢計畫，準備攻打齊國，但卻因此錯過進攻的先機，讓齊軍有了充分的準備時間。兩軍在乾時這個地方交戰，魯軍被打得潰不成軍，僅僅保住了魯公和公子糾的性命，倉皇逃回魯國去了。

　　乾時大戰後，小白總算是坐穩了齊國主公的位子。百官都來道賀，只有鮑叔牙說：「主公千萬不能大意。現在公子糾有魯國當靠山，還有管仲輔佐，誰知道哪一天魯國會不會幫助他捲土重來。請主公要多加小心。」

　　小白問：「那麼，老師有什麼好方法嗎？」

　　「乾時之戰，魯軍已經受到很大的挫敗，不如請主公讓我率領三軍，到魯國邊境上紮營，給魯公一點壓力，要他們交出公子糾。」

　　「好，」小白回答，「一切都聽老師的。」

鮑叔牙率領大軍，浩浩蕩蕩的往齊魯邊境出發。在抵達魯國之前，鮑叔牙先派了大臣隰朋帶著他的信去見魯公。信中寫著：

　　外臣鮑叔牙拜見魯賢侯：

　　　所謂一個家不能有兩個主人，同樣的，一個國也不能有兩位國君。現在我國國君已經即位，公子糾還想要來爭奪侯位，實在太膽大妄為了。不過，因為我國國君跟公子糾是兄弟，實在不方便親手殺了他，如果能借貴國之力，替我國國君除去心頭大患，那麼齊、魯二國就可以重修舊好。至於管仲，他和我國國君有一箭之仇，希望能將他押解回齊國，交給我們來處理。

　　隰朋出發之前，鮑叔牙偷偷的對他說：「管仲是天下奇才，我希望能讓他來輔佐主公，請你務必一定要把他活著帶回齊國。」

　　「要是魯公想要殺了他來對主公示好怎麼辦？」隰朋有點為難的說。

「那你就對魯公說：『管仲當初射中我們主公，主公現在還恨得牙癢癢的，非得要親手殺了他才能消除心頭之恨。』這樣，他就會把管仲送回來了。」隰朋點點頭就出發了。

魯公聽到齊國的大軍已經逼近邊界，加上乾時大戰慘敗的陰影還在，心裡真是緊張得不得了，現在又收到鮑叔牙的信，趕緊找了大臣施伯前來商議。

施伯說：「小白才剛剛即位就能發動大軍把我軍打敗，可見他確實有當國君的才能，這不是公子糾可以比得上的。更何況現在齊軍壓境，對我國相當不利，不如殺了公子糾，當作是祝賀小白即位的禮物。」

「嗯，有道理！可是管仲怎麼辦？」

「臣看管仲不是泛泛之輩，如果能留他在魯國，對我國一定大有用處。」

「大有用處？哼！」魯公不以為然的說：「我看他根本就是個廢物，一個什麼事都辦不好的人，能對寡人有什麼貢獻？」魯公接著轉頭對隰朋說：「要不然這樣，寡人把管仲也殺了，一併送給你們國君當作禮物好了。」

隰朋趕緊說：「萬萬不可，我們國君說，他跟管仲有一箭之仇，非得親手殺了他才能解心頭之恨。請魯

公讓我將管仲帶回去吧！」魯公信以為真，答應了隰朋的要求，下令將公子糾殺了，並且把管仲五花大綁，送到齊國去了。

小白知道鮑叔牙不費一兵一卒就把公子糾的問題解決了，心裡非常高興，想要任命鮑叔牙為輔佐國政的上卿。可是，鮑叔牙卻說：「陪主公下下棋可以，但是治理國家，微臣恐怕沒有這個能力。」

小白說：「老師您太客氣了，普天之下，還有誰比您更合適呢？」

「依微臣看來，只有管仲可以擔此重責大任。」

「管仲？」小白生氣的說：「這傢伙差點要了寡人的命，寡人到現在還沒殺他，已經是天大的恩惠了！你竟然要寡人重用他？」

鮑叔牙回答：「主公您有所不知，當日管仲用箭射您，是因為他是公子糾的老師。身為臣子各為其主，這是天經地義的事。射箭的時候，管仲的心裡只有公子糾而沒有您啊！」

「這我了解。」聽了鮑叔牙的說明，小白的口氣稍微緩和了些，但是他仍然不解的問：「但是，老師您又有哪一點比不上管仲呢？」

「臣有五點比不上管仲：第一，對待百姓寬容柔

東周列國志

和，我比不上；第二，治理國家不會失去原則，我也比不上；第三，以忠信獲得百姓信任，我辦不到；第四，管仲可以制訂出全國各地適用的制度，這我也辦不到；最後，打仗的時候，只要管仲在軍門前握著戰鼓的鼓槌，就能讓軍隊勇往直前，克敵致勝。這一點，更絕對不是微臣可以比得上的。」

「就算管仲真的這麼屬害好了，也用不著讓他當上卿來治理國家啊？不如先讓他當個小官，讓寡人觀察一下再作決定好了。」

「微臣不這麼認為。管仲這個人，如果不讓他擔任上卿，就不能讓他好好發揮才能。更何況，主公您願意盡棄前嫌，任命一個曾經想要您性命的人擔任上卿，各國也會對您刮目相看的！」

「可是，寡人就是嚥不下這口氣！」

「主公，當日管仲拿箭射您，今日，管仲可以替您拿齊國的箭射天下，您又何必在乎區區一枝小箭呢？」

「這⋯⋯」小白沉思了許久，喃喃自語的說，「射天下嗎⋯⋯」

過了幾天，被關在死牢裡的管仲聽到小白要來大牢的消息，心想

小白大概是來親手報一箭之仇的，心裡已作了最壞的打算。小白進了死牢，來到管仲面前，拔出寶劍。管仲毫不畏懼的對小白說：「主公，要動手就快吧！」說完，閉起雙眼，準備受死。

　　小白手起刀落，管仲毫髮無傷，身上的繩索斷成兩截。管仲還沒回過神，只見小白對他深深一鞠躬說：「請先生為寡人射天下吧！」

　　管仲一驚，小白竟如此寬宏大量，又如此誠懇，深受感動，不由得流下淚來，雙膝一軟，跪在小白的面前說：「罪臣一定捨命相報！」

　　當管仲知道自己之所以能夠被小白重用，是因鮑叔牙全力推薦，忍不住感嘆的說：「天底下沒有比鮑叔牙更了解我的人了！」從此之後，小白任用管仲為上卿，將國政交給他來處理。在管仲全心輔佐下，齊國的國勢蒸蒸日上，成為當時最強大的國家。

第三回　忘恩負義夷吾背叛 感念秦公野人報恩

齊國的兄弟之爭，隨著小白的即位而告一段落。但是在齊國西方的晉國，卻正要上演另一場兄弟爭奪戰。這件事情得從寵愛美女的晉公佹諸開始說起。

晉公佹諸有一個美麗的妃子叫做驪姬，就像周幽王時的褒姒一樣，驪姬一開始只是妃子而不是晉國夫人。為了博得驪姬的歡心，晉公便想改立驪姬為夫人，偏偏原本的夫人是齊公小白的女兒齊姜。齊國大，晉國小，晉公可不敢說廢就廢。因此，他要負責占卜的太卜官算算看，如果改立驪姬為夫人，對晉國是否有利。

太卜官算了之後，搖搖頭說：「主公，這卦上顯示的是凶兆，要是您改立驪姬，國中必有大亂。」

「你說這什麼不吉利的話？你一定是算錯了，讓別人來算！」

晉公又找了其他人用不同的方式占卜，結果得到

的答案卻都是大凶。但晉公心意已決，所以即使算出來的結果都不好，最後還是立了驪姬為夫人。

驪姬當上晉國夫人之後，食髓知味，想要讓自己生的孩子奚齊被立為世子，因為只要奚齊將來即位，自己就是名正言順的國母了。為了這個目的，驪姬不斷說服晉公改立奚齊。可是現在的世子申生是齊姜所生，晉公廢了齊姜，已經得罪了齊公小白，如果又要廢申生，一定會遭到齊國的干預。加上申生和晉公的另外兩個兒子重耳、夷吾感情相當融洽，三個人已經形成一股很強大的勢力，假使在這時候廢了申生，勢必會造成大亂，所以晉公也不敢貿然答應驪姬。

驪姬有一個寵臣名叫施，因為他在後宮負責表演的工作，所以大家都稱他為優施。優施對驪姬說：「現在主公有兩位寵臣，一位是梁五，一位是東關五，在朝廷內大家都稱他們為『二五』。夫人不妨以重金結交兩人，請他們為夫人在主公前面說好話，主公一定會改變心意的。」由於「二五」都是貪財的人，驪姬很快的便買通了這兩個人。

收了驪姬大筆金錢的梁五，第一

步便是要瓦解三位公子集結的勢力。他對晉公建議：「曲沃是周王最早封賞給先祖的地方，也是我國宗廟的所在地。而蒲城和屈城這兩個地方，與北方的戎狄部落相當接近，是邊疆的要地。這三個地方，都應派重要的人來坐鎮。因此，微臣建議，不如讓世子到曲沃，讓重耳和夷吾兩位公子分別鎮守蒲城和屈城。」

「世子可以離開京城嗎？」晉公問。

「當然可以囉！」東關五在一旁幫腔：「世子是國家的儲君，地位只在主公之下；曲沃是國家第二重要的城市，除了世子之外，還有誰可以擔此大任呢？」

晉公想想也有道理，便按照兩人的建議，把申生分封到曲沃，而重耳和夷吾也被分派到蒲城和屈城去了。

申生到了曲沃以後，勤政愛民，深受當地人民的擁戴，這下子不但沒有削弱申生的勢力，反而更加鞏固了申生在晉國人民心中的地位。

「你看你這是什麼爛方法！」驪姬生氣的對優施說：「現在要廢申生、立奚齊反而更難了！」

「夫人請息怒。」優施趕緊安撫驪姬說：「小人之前的計謀只是一個開始而已，現在才要進行第二步驟。」

「你倒是說說看你還有什麼把戲？」驪姬不相信優施還有其他好方法。

「夫人您想想，現在三位公子已經分封在不同的地方，只要一個一個除掉，公子奚齊被立為世子的機會不就越來越大？依小人之見，其他兩位公子倒是不成問題，就是申生……」優施臉上掠過一抹奸笑。

「你有什麼好辦法？」驪姬問。

「只要這樣就可以了……」優施在驪姬耳邊悄悄的說了幾句話。

一天夜裡，驪姬突然哭了起來。睡得迷迷糊糊的晉公問：「夫人為何哭泣呢？」

驪姬哭哭啼啼的說：「我聽說世子在曲沃散布謠言，說主公您被我這個妖精迷惑，將來國家一定會大亂。我看主公乾脆先殺了我，好安世子的心……」說完，驪姬哭得更傷心了。

晉公生氣的從床上跳了起來，說：「真有這種事情？這小子好大膽，竟敢這樣造謠，毀謗寡人的愛妻！」

看到晉公生氣，驪姬立刻接著說：「臣妾有個主意，不如派世子去攻打邊境上的狄人，如果打輸了，正好可以有理由廢掉他。要是打贏了，世子一定會因此而更加驕傲，到時候我們再給他加上一個謀反的罪名，

這樣就可以正大光明的殺了他。」

晉公正在氣頭上，也不多想就答應了。第二天，晉公立刻下令要申生率軍攻打狄人。大臣們聽到晉公要派世子出征，多半表示反對，認為世子的身分太重要了，怎能隨便派去打仗？

可是，晉公不肯聽從他們的規勸，還說：「寡人有九個兒子，誰說只有申生可以當世子？」大臣們知道沒辦法勸阻，也只好閉嘴了。大臣狐突看晉公想換世子的意圖已經很明顯，便寫了一封信警告申生。

申生的軍隊平時訓練有素，因此對狄人的作戰，大獲全勝。申生在大勝之後，時時記得狐突的警告，更加謙遜，讓晉公找不到把柄可以廢掉他。

這下驪姬可心急了，因此又聽從優施的建議，要晉公召申生回京城，找機會誣陷他。申生接到晉公的詔書，毫不猶豫的立刻返回京城。拜見晉公之後，驪姬便設宴款待申生。

沒想到第二天，驪姬竟嚎啕大哭的告訴晉公說，申生在晚宴上調戲自己，還講了很多輕薄的話。驪姬見晉公有點懷疑，便假裝生氣的說：「您要是不相信，明天我找世子來花園賞花，請主公躲在樓上觀看，您就會知道世子是怎麼欺負我的。」

聽完驪姬的話，晉公半信半疑的答應了。第二天，驪姬先在自己的頭髮塗上花蜜，再找申生來花園賞花。

驪姬頭髮上的花蜜引來了一堆蝴蝶在她身旁飛舞，還不時的停在她的頭上。驪姬對申生說：「可不可以請世子幫我趕走這些討厭的蝴蝶？」

申生不知道這是驪姬的計謀，便揮舞袖子想趕走蝴蝶。晉公在樓上看到了，誤以為申生是在調戲驪姬，立刻怒火中燒。本來想馬上殺了申生，但是驪姬卻假惺惺的替申生求情：「如果主公為了這件事殺了世子，豈不是間接證明臣妾和世子有不清不白的關係了嗎?」晉公只好把滿肚子的怒氣先忍下來，只命令申生回曲沃去。

又過了幾天，驪姬派人告訴申生，晉公夢到申生已過世的母親齊姜哭訴著沒有人祭拜她，讓她在陰間都過著吃不飽的日子。申生信以為真，在曲沃設了祭壇來祭祀母親。結束之後，申生依照禮儀把祭祀用的肉，分了一份給晉公。當時晉公剛好不在宮內，驪姬便把肉留下來，偷偷下了毒。

過了幾天，晉公回來了。驪姬把申生送來的肉端到晉公的面前，正當晉公要吃的時候，驪姬突然阻止他說：「主公，這些酒肉不是您的廚子煮的，臣妾覺得您還是得小心點，以防有人下毒。」

晉公點點頭，丟了一小塊肉給自己的狗吃，狗才咬了兩口，就口吐白沫，倒在地上死了。晉公大怒，立刻召集大臣，派東關五為將軍，率兵攻打曲沃，要將申生抓來興師問罪。

申生的部下聽到晉公派兵來攻，連忙勸申生逃到別的國家去。申生嘆了一口氣說：「唉！我帶著謀殺父親失敗的罪名，到哪裡都不會有人願意收留我的。如果我把驪姬的陰謀說出來，反而使父親成為別國諸侯的笑柄。這樣不忠不孝的事情，我怎麼做得出來？我看我還是自我了斷，免得晉國的人民受到戰爭的波及！」說完，對著京城的方向深深一拜，就自殺了。

申生自殺的消息傳到重耳和夷吾的耳中，兩兄弟深怕下一個就輪到自己，趕緊逃到別國避難。由於重耳是個賢能的人，很多優秀的人才慕名而來，自願跟隨他，和他一起在各國之間過著流浪的生活。

晉公雖然立了奚齊為世子，但卻因申生身亡，重耳、夷吾離他而去，變得鬱鬱寡歡，沒有多久便生病

去世了。奚齊即位為晉公，但年僅十一歲的他根本沒有辦法管理政事，而且當初改立他為世子，已經造成許多大臣的不滿。所以，奚齊才即位沒多久，晉國就發生大亂，叛變的大臣殺了奚齊、驪姬、梁五、東關五和優施一夥人。之後大臣開會商議，決定要迎回賢能的重耳當國君，並且派使者去接重耳回國，沒想到重耳竟然拒絕了。

「這是為什麼？難道我們要一直在各國間流浪嗎？」跟隨重耳的魏犨是個粗人，聽到重耳的決定便埋怨起來。

「你以為我回去就可以高枕無憂的當國君了嗎？」重耳反問魏犨，「現在晉國大亂，驪姬和奚齊的支持者也都還在，我現在貿然回去，難道安全嗎？再說，如果上天要讓我當國君，你又何必擔心沒有我可以落腳的地方呢？」

重耳拒絕回國，晉國又不可一日無君，大臣無奈，只好勉為其難派使者去迎接名聲比較沒那麼好的夷吾。

夷吾自從離開了晉國，日夜都在盼望國中大亂，現在不但如他所願，而且重耳竟然笨到拒絕了大臣的擁立，忍不住開心的哈哈大笑。但是夷吾也擔心大亂

未定，回去還是有點風險，於是四處打聽有沒有強國的國君願意派兵幫助他回晉國。

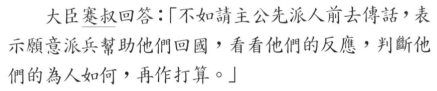

與晉國相鄰的秦國，在此時已經是個強大的國家，秦公聽聞晉國內亂，便問大臣：「現在晉國的兩個公子都在外流浪，寡人該幫助誰對我國比較有利呢？」

大臣蹇叔回答：「不如請主公先派人前去傳話，表示願意派兵幫助他們回國，看看他們的反應，判斷他們的為人如何，再作打算。」

秦公覺得很有道理，於是派了使者去見重耳。重耳有些動搖，就問謀士趙衰說：「我該接受秦公的好意嗎？」

趙衰說：「公子拒絕了晉國大臣的迎立，卻又帶著外國的軍隊回國，即便當上了主公，也不是件光彩的事。」重耳覺得有理，便拒絕了使者。

使者又轉往夷吾那裡，夷吾正愁沒有人幫忙他回國，聽了使者的話，高興得手舞足蹈起來。不但低聲下氣的拜託秦公助他一臂之力，還大方的表示，要是

秦公願意出兵，將來即位之後，便將五座城池割讓給秦國。

夷吾的屬下聽了，覺得還沒回國就談割地，似乎考慮得不夠周全。沒想到夷吾竟然笑說：「我要是不回晉國，不過是個逃竄在各國之間的老鼠；只要我當上國君，五座城池又何足掛齒呢？」於是，當場就寫了割地的契約書，要使者帶回去給秦公。

使者向秦公稟報兩位公子的反應。秦公說：「這樣看來，重耳似乎比較賢能，寡人應該幫忙重耳才對！」

使者對秦公說：「請問主公您作此決定是打算為晉國好呢？還是為秦國好？」

「廢話！當然是為秦國好啊！」

「主公如果是為晉國好，那當然要替他們立一位賢能的國君，這樣一來幫助的對象自然非重耳莫屬。但是，如果要讓秦國得利，讓主公獲得美名，那就該立像夷吾這種沒什麼能力，品德又不好的人當國君，到時候主公才可以掌控晉國。」

秦公恍然大悟，對使者說：「你的話真是一語驚醒夢中人啊！」說完立刻派兵護送夷吾回晉國，即位為國君。

夷吾回國之後，大肆封賞迎立自己有功的大臣，

不過都是些沒有能力，又愛拍馬屁的小人。夷吾又派了使者前往秦國，對秦公派兵相助一事，表示感謝。秦國也派了使者前來祝賀，同時，也提醒夷吾之前答應秦國要割讓五座城池的事。

夷吾召集了大臣來商議。有大臣說：「主公，您當初答應割讓五座城池給秦國的時候，還不是晉國的國君，晉國的土地要不要給別人也不是您能決定的，所以，答應秦公的事可以不算；更何況，現在您已經是晉國的國君，晉國的土地都在您的手裡，想要給誰得看您的旨意。您就算不給秦國，秦國又能對您怎麼樣呢？」夷吾聽了高興的點點頭。

但是也有大臣反對，覺得夷吾才剛即位，就得罪強大的鄰居，這是不智的行為。正反兩極的意見吵得不可開交。其實夷吾本來就沒有要割地的打算，所以他寫了一封國書給秦公，信中寫著：

當初夷吾答應以五座城池給您，至今也沒有忘記。可是夷吾的大臣卻說：「先君打拚了這麼久，

才有這片土地，怎麼可以輕易給別人？」所以，不是夷吾不給，而是大臣不同意啊！只好請您稍等，以後有機會再說吧！

「豈有此理！」信才看了一半，秦公就氣得把信撕碎，心想當初應該幫助重耳，而不是這個背信忘義的小人，並且暗暗發誓要討回公道。

而夷吾還不知自己正一步步走向滅亡的道路。自從即位以來，他知道很多大臣其實比較支持重耳，於是想盡辦法隨便找個罪名，就把那些大臣殺了。其他大臣們人心惶惶，再沒有人敢進言，晉國的政事也就一團混亂。混亂的國政，讓下層官員趁機混水摸魚，不認真工作，使得地方上水利失修，農地荒廢，晉公才即位沒有多久，國中便發生了大饑荒，並且整整持續了五年，百姓都快活不下去了。

有大臣建議夷吾，可以向地大物博的秦國借糧，以度過難關。

「可是……」夷吾有點遲疑，「之前拒絕割讓城池，現在又跟他們要糧，他們怎麼可能會答應呢？」

大臣說：「主公沒有說不給啊！只是說晚、點、給，不是嗎？再說，如果我們跟他們借糧被拒絕，主公就

更有理由不給他們城池啦！」

　　夷吾覺得這話很有道理，便派人到秦國去借糧。秦公召集了大臣商議，有的大臣覺得幫助他人是天經地義的事，而且現在幫助別人，將來也會獲得幫助；但是也有大臣覺得，夷吾出爾反爾，是個不可信任的人，現在晉國缺糧，正是出兵消滅晉國的大好時機，建議秦公出兵攻打晉國。

　　秦公托著腮，沉思了一會兒，最後決定：「對不起寡人的，是晉國的夷吾；可是現在挨餓的，是晉國的百姓。寡人怎麼能因為個人的恩怨，而遷怒這些無辜的百姓呢？」於是秦公下令派出船隻，將糧食送到晉國去，解決了晉國的饑荒。

　　沒想到隔了一年，秦國也鬧起饑荒，而晉國卻是大豐收。秦國便派人向晉國借糧，希望夷吾能夠念在去年秦國援助晉國的分上，借糧給秦國。夷吾正準備要派船運糧給秦國，他的一位大臣卻說：「主公給了糧食，是否打算連那五座城池也一起給了呢？」

　　「糧食是糧食，城池是城池，怎麼能相提並論？寡人這麼做只不過是要報答秦公去

年的幫忙而已。」

「主公如果覺得去年秦國借糧給我們是恩惠的話，那當初秦公派兵助您登上國君之位，這個恩惠不就更大了嗎？主公報了小恩小惠，大恩大惠又怎能不報呢？」

「愛卿的意思是……？」

「去年晉國鬧饑荒而秦國沒有趁機來攻打我們，那是他們笨。現在上天把秦國交在主公手裡，難道主公也要像他們一樣嗎？」

夷吾恍然大悟，不僅不給糧，還發動大軍，準備一舉消滅秦國。秦公聽到這個消息，勃然大怒，也立刻集結軍隊，準備與晉軍決一死戰。

開戰之前，夷吾又寫了封信給秦公，信中寫著：

> 我晉軍有六百輛戰車，可以對付您的大軍。如果您願意退兵，我們可以當作什麼事都沒發生；可是要是您執意要戰，就算寡人不想打，寡人的將士們也不會答應的。

秦公看了夷吾的信，不禁大笑說：「之前要割地，你說是大臣不同意；現在要開戰，你又說是將士們的意思，你這個人怎麼老是改不掉推卸責任的毛病呢？」秦公

要使者回去告訴夷吾：「當初你說要回晉國，需要軍隊，寡人便給你；去年你說國內饑荒，需要糧食，寡人也給你；現在你說想要開戰，寡人又怎能不『遵命』呢？」

按照國力，秦國應該比晉國來得強，但是這一年的饑荒讓秦國的軍力大受影響，因此在出兵之前，秦公的大臣便提醒他，這一仗並不好打。秦公說：「寡人也知道不容易。可是，夷吾這傢伙欺人太甚，如果這個世界沒有天理也就算了，要是有天理，寡人一定能夠打敗他！」

兩軍在龍門這個地方對陣，一場腥風血雨的大戰，已經是免不了了。

戰鼓聲咚咚響起，秦、晉兩軍在龍門交戰。晉國將軍韓簡率領一支軍隊，跟秦國先鋒西乞術正面交鋒。韓簡與西乞術大戰三十回合，不分勝敗。這時，另一支晉軍來援，兩面夾攻，西乞術腹背受敵，敗下陣來。韓簡趁勝追擊，打算活捉秦公。秦公被晉軍團團圍住，眼看大勢已去，便對天大喊：「這還有天理嗎？寡人寧可

死也不要被晉軍俘虜！」說完舉刀就準備自殺。

突然間，烏雲密布，一道閃電劃過，接著轟然一聲巨響，遠處的山坡上衝出三百多個人，大喊：「保護恩公！」

眾人抬頭一看，這三百多人個個長髮披肩，腳穿草鞋，健步如飛，手裡揮舞著大刀，好像從地獄來的惡魔一般，張牙舞爪的衝來。兩軍被這異象嚇得目瞪口呆，立在原地。

只見三百野人衝至秦公座車旁，將座車團團圍住，形成一道銅牆鐵壁，不讓晉軍前進一步。接著三百野人齊聲一喝，晉軍被嚇得屁滾尿流，紛紛丟了盔甲，落荒而逃。

見晉軍撤退，這三百野人在秦公面前跪下。領頭的人對秦公說：「恩公您沒事吧？」

驚魂未定的秦公好奇的問：「你們是誰？為何願意捨命保護寡人？」

「恩公難道忘了，您曾經招待我們吃馬肉、喝美酒啊！」

秦公這才記起幾個月以前，他在野外打獵，這些野人半夜偷了他的馬，當場大快朵頤起來。隨行護衛建議他發動大軍剿滅這些野人，但他想馬都死了，殺

了這些野人又有什麼幫助呢？更何況，他們也是秦國的子民，怎麼可以為了幾匹馬就殺他們呢？他們一定是餓極了，才會偷他的馬。因此，便不與他們計較，還派人帶了數十甕美酒，送給這些人。

「恩公想起來了嗎？咱們非常感謝您的恩惠，時時在找機會想報答您。這次聽到秦、晉兩國在龍門對戰，便日夜趕路，翻過了幾個山頭來助陣，還好及時趕上救了您。」

秦公大嘆：「唉，就連野人也懂得報恩，夷吾啊夷吾，你連野人也不如啊！」隨後轉頭對他們說：「你們救寡人有功，寡人可以封你們為官。」

領頭的野人笑著說：「不了！咱們自由慣了，不習慣恩公您們這一套，咱們還是回去吧！」說完，眾人便一哄而散。

　　野人們剛走，就傳來擄獲夷吾的消息。秦公問大臣們說：「這下寡人該怎麼對付夷吾呢？殺了他？還是放了他？或者把他關在秦國，然後改立重耳為君？」這個問題，實在讓秦公傷透腦筋。

第四回　漂流異鄉子推割肉
自作聰明重耳燒山

面對要怎麼處置被俘虜的夷吾，秦國大臣公孫枝說：「我們俘虜了晉國的國君，對晉國來說已經是一大侮辱，如果殺了他改立公子重耳為君，只是更加深兩國的仇恨而已。重耳是個賢能的人，當初晉國大亂時，您要幫助他回國，他不肯答應，現在又怎麼可能讓抓他弟弟的人幫助他登基呢？微臣認為，既然改立重耳為國君是不可能成功的事情，不如我們以當初說好的五座城池作為條件，送夷吾回國，並將晉國世子圉留在秦國當人質。只要我們對晉國世子好一點，將來他回到晉國，也會對我們秦國友善一些。」

秦公點點頭，說：「嗯，公孫枝的計謀考慮得很周詳，就這麼辦吧！」於是秦公派軍隊將夷吾送回晉國。

夷吾狼狽的回到晉國，驚魂未定的對大臣郤芮說：「好險！還以為寡人回不來了。寡人在秦國的時候，最擔心的就是重耳會趁機回國，直到今天寡人又坐上

了寶座，才放下心中的一塊大石啊！」

　　郤芮說：「主公要是這麼不放心，不如讓微臣派人把重耳給殺了，除掉您心頭之患。」見夷吾面露喜色，郤芮上前壓低了聲音，嘀嘀咕咕的說出他的計策。

　　不過，郤芮的陰謀卻恰巧被支持重耳的內侍聽到了。內侍將消息告訴了狐突。狐突連夜派人送信到翟國給重耳。

　　自從重耳逃離晉國之後，便帶著一群忠心的部下在各國之間過著流浪的生活。後來到了翟國，翟君見重耳賢能，便收留了他，並且把女兒嫁給他。就這樣，重耳在翟國一待就是十二年。

　　收到了狐突的信之後，重耳知道明槍易躲，暗箭難防，如果繼續待在翟國，只會增加翟君的麻煩，於是辭別了翟君，帶著部下，連夜逃出翟國。

　　重耳想起常聽到別人說齊公小白賢明，打算投奔齊國。但是從翟國到齊國，中間必須經過衛國。重耳一行人離開翟國時，走得很倉促，幾乎什麼行李、旅費都沒帶就逃了出來，因此到了衛國時早已餓得發昏。重耳的屬下趙衰對駐守衛國國界關卡的軍官說：「晉國的公子重耳避難在外，打算前往齊國，現在

要經過貴國，好縮短路程，請您行個方便，開城門讓我們進去吧！」

守城的軍官不敢做決定，立刻通報衛君。沒想到衛君不但不願意打開城門，還對眾人不理不睬。重耳一行人不得已只好繞遠路去齊國。

魏犨邊走邊埋怨：「這衛君也太不講人情了，給點方便也不肯！既然他不講理，就別怪我去搶他們衛國的村落！」

重耳制止魏犨，說：「唉！我只不過像條失勢的蛟龍，比田裡的蚯蚓還不如，別人這樣對我，我也不能說什麼。我寧可餓肚子，也不允許你像盜賊一樣去劫掠衛國的村落！」

大夥經過一處田野時，重耳的部下狐偃看到一個農夫在田邊吃飯，便去向他要點吃的。農夫問：「你們從哪兒來啊？」

狐偃說：「我們從晉國來，坐在車上的，是我們的主人。」

農夫瞥了重耳一眼，用瞧不起的語氣說：「哈！堂堂男子漢，竟然沒辦法養活自己？去去去！我等會兒還要種田，吃飽了才有力氣幹活兒，沒東西分你們吃！」

狐偃又說：「就算沒有東西，好歹也請小哥給我們個碗，讓我們去別處要點吃的東西吧！」

「碗？」農夫邊笑邊挖了身旁的泥土，捏成一個小碗，對狐偃說：「要碗啊？這土碗你們拿去用吧！」

「你欺人太甚！」魏犨沉不住氣，就要衝上前去痛毆農夫。狐偃立刻阻止他，說：「退下！你這個魯莽的武夫！得飯容易，得土地難。土地是國家的根基，現在上天借這農夫的手要將土地給公子，是公子得到國家的徵兆！」狐偃轉身對重耳說：「請公子下車拜受這個土碗。」

重耳下車對農夫深深一鞠躬，收下土碗。只見農夫掩嘴偷笑，但眾人也沒力氣再跟他爭辯什麼了。

一行人繼續往前走，但重耳已經餓得快昏倒了。眾人只好挖樹根、野草煮給他吃。可是重耳身為貴族，哪裡吃得慣這種粗糙的食物，吃了兩口就吐了出來。突然間，一陣香味撲鼻而來，是肉湯的味道！只見部下介子推捧著一碗肉湯來到重耳面前，重耳實在太餓了，也不問介子推是從哪兒弄來這碗肉湯，三兩口就吃個精光。

重耳吃完，邊擦嘴邊問介子推說：「這肉是怎麼來的？真是好吃啊！」

斗大的汗珠從<u>介子推</u>額頭上滴了下來，他忍著痛回答：「這是臣的大腿肉！微臣聽說曾有孝子為了雙親，連自己的生命都可以不要，身為臣子，也應以身上的肉給主公充飢。」

<u>重耳</u>大為感動，流著眼淚說：「唉！你們都是被我連累的！我要怎麼樣才能報答你們呢？」

<u>介子推</u>說：「我們只希望公子早早回到<u>晉國</u>，這是<u>晉國</u>人民的期望，哪裡需要公子報答我們什麼呢？」

就這樣，一行人風塵僕僕的來到<u>齊國</u>。<u>齊公小白</u>這時已經很老了，他早已聽聞<u>重耳</u>的名聲，不但慷慨的招待<u>重耳</u>，還從宗室當中挑選了一位美女送給<u>重耳</u>為妻。<u>重耳</u>等人總算是結束了顛沛流離的日子，安心的在<u>齊國</u>待下來。

安逸的日子飛逝，一轉眼已經過了七年。<u>齊公小白</u>因病過世，幾個孩子為了爭奪繼承權，把<u>齊國</u>的內政、外交搞得烏煙瘴氣。<u>趙衰</u>等人便商議：「當初我們隨公子來<u>齊國</u>，是希望藉由<u>齊國</u>的力量幫助公子回國即位。可是看現在這個樣子，他們大概也沒什麼能力幫助公子了。」

「是啊！」<u>魏犨</u>生氣的說：「我們拋棄了家人跟隨

公子，不就是因為公子賢能，希望有朝一日可以大展鴻圖嗎？但是現在公子整天沉溺於酒色中，連續好幾天都不肯接見我們，這怎麼成大事呢？」

狐偃說：「不如這樣，我們假裝邀請公子去打獵，然後藉機把公子帶離齊國，再作打算。不過……這事得祕密進行，千萬不能讓夫人知道。」

可是他們都沒發現重耳夫人的婢女正巧在一旁採桑葉餵蠶，他們的計謀全被她聽得一清二楚，她趕緊回去稟告夫人。當晚，夫人早早服侍重耳睡了。

當狐偃前來，見到是夫人出來迎接，心頭先是一驚，但仍假裝鎮定，對夫人說明來意：「這幾天天氣不錯，臣等想邀公子去打獵，舒展舒展筋骨，請夫人代為向公子轉達。」

夫人笑著問：「那麼，你們打算獵些什麼野味呢？我看不是獵宋國，就是獵秦國吧？」

狐偃嚇了一跳：「夫人這話怎麼說？」

「你們要帶公子離開齊國的事情我已經知道了！我勸了他一天，但他就是不肯。明天我先把公子灌醉，你們再把他帶上車，離開齊國。」

狐偃見夫人如此深明大義，忍不住佩服得五體投地，邊叩頭邊說：「夫人願意割愛以成就公子大業，這

東周列國志

是千古難有的美德，請受狐偃一拜。」

　　隔天夜裡，夫人擺設宴席，不知情的重耳開懷的暢飲美酒，沒多久就醉得不省人事，狐偃等人帶走重耳，並打點好一切後，對夫人深深一拜，便悄悄的出了城門。

　　清晨，重耳在搖晃的車中驚醒，開口叫喚僕人，卻沒有人回應。隔了一會兒，才聽到狐偃的聲音說：「公子，您醒了？」

　　「這是哪裡？我為什麼會在這個地方？」重耳問。

　　「這是齊國的邊界，我們正準備要離開齊國。」狐偃回答。

　　「你們在玩什麼把戲？」重耳把頭探出車外，看到盡是陌生的景象，連忙問：「為什麼要離開齊國？」

　　「因為我們要把晉國奉送給公子啊！」

　　「開什麼玩笑？還沒得到晉國，我已經失了齊國，快帶我回去！」重耳生氣的說。

　　「來不及啦！」狐偃說：「我們不告而別，現在齊君一定以為我們忘恩負義，氣得派兵要來抓我們，所以不能回頭了！」

　　重耳生氣的跳下車，奪過魏犨手上的長戈，就往狐偃劈去，狐偃拔劍擋開，又怕傷了重耳，只好左閃

右躲。眾人趕緊上前把重耳拉開，重耳對著狐偃大罵：「這次如果成功就算了，要是一事無成，我就吃你的肉洩憤！」

「呵呵！」狐偃笑著說：「要是真的一事無成，我狐偃早已死無葬身之地，到時候肉都臭了，怕公子不愛吃啊！」

重耳本想再罵，卻聽見魏犫如雷般的嗓音：「大丈夫應該以國家為重！公子在齊國卻只想到兒女私情，如果不帶您離開齊國，怎能成就大事呢？」

重耳看著眾人期盼的眼神，也知道大家說的很有道理，便低聲說：「既然已經走到這個地步，我就聽各位的吧！」於是，眾人又再度踏上周遊各國的路。

重耳一連經過了幾個國家，雖然各國的國君都知道重耳賢能，但是並不是每個國君都有能力幫助重耳。有的國君身旁的大臣，還擔心國君太過親近重耳，會因此而冷落他們，所以想盡辦法要趕走重耳。

直到重耳來到楚國，楚王非常器重重耳，常常都把重耳帶在身邊。不過以楚國的國力，還不足以幫助重耳回晉國。正巧秦國的使者傳來秦公有意協助重耳的消息，楚王便對重耳說：「秦國強，楚國弱；秦國近，楚國遠。對你來說，秦國才是適合你去的地方。」於

是重耳拜別了楚王，往秦國出發。臨走之前，楚王還送給重耳許多的車馬金銀，讓重耳一行人能夠順利到秦國去。

　　秦國之所以願意幫助重耳，是因為秦公與夷吾的舊恨，加上在秦國當人質的圉趁機逃回晉國的新仇。秦公對當初幫助夷吾後悔不已，於是派人四處探訪重耳的下落。為了迎接重耳，秦國擺出了接待國君的大陣仗，可見秦公對夷吾父子的恨意有多深。不久，夷吾死了，世子圉即位，但是圉也不是個賢能的君主，因此國政亂七八糟，百姓都巴不得重耳能夠趕快回晉國。秦公覺得時機成熟，便派軍隊護送重耳返回晉國。

　　由於百姓們早就不滿圉的統治，朝中也有許多大臣支持重耳，因此重耳並沒有受到很大的抵抗便取得政權，即位為晉公。

　　重耳四十三歲逃出晉國，重回晉國時已經六十多歲了。對於這得來不易的政權，重耳當然得好好謝謝這些一路追隨他的臣子。因此重耳即位之後的第一件事，便是封賞狐偃等人。不過那曾割下大

腿肉煮湯給重耳喝的介子推，在重耳進行封賞之前，卻已悄悄回到故鄉隱姓埋名，做個編織草鞋的工人了。

「唉……」介子推的母親嘆了一口氣說：「當初只因主公一句話，你就跟隨他十九年，要是你肯接受封賞，現在也不會落得在這裡編草鞋啊！」

「娘有所不知，先君共有九個兒子，其中就數主公最為賢能，今日主公能夠即位，這是天命，並不是我們的功勞。我實在不屑與那些整天只會爭功勞、搶封賞的人在一起啊！只是讓您和孩兒一起受苦了……」

介子推的母親笑了笑，說：「你能當廉能之人，我就不能當廉能之人的母親嗎？我們不妨隱居山林，不問世事，也省去這些世上的紛紛擾擾。」

介子推高興的說：「娘，孩兒正有此意。聽說綿上一帶好山好水，我們就到那裡去吧！」於是母子倆收拾行囊，往綿上去了。而重耳因為沉浸在當上國君的喜悅中，一時之間竟也忘了介子推。

一日，重耳退朝之後，見到外頭有人懸掛了一段文字，上面寫著：

有隻飛龍失了處所，五隻小蛇跟隨左右，

龍餓發昏一蛇割肉，龍回老巢安然自在，
四蛇隨龍各有所獲，一蛇無巢哭於風中。

重耳一看，知道這龍指的就是自己，五蛇，是當初跟
隨他的五個屬下，而那割肉的蛇，講的就是介子推。
四處訪查後，才知道這首詩是一位叫解張的人寫的。
解張是介子推的朋友，因為不滿重耳忘記封賞介子推
而寫了這首詩。重耳發現他遺漏了介子推，立刻派人
四處尋找介子推的下落。但除了知道介子推母子隱居
在綿上的綿山之外，卻怎麼樣也打聽不到他們母子倆
在哪裡。

　　重耳親自率眾到綿山，但綿山實在太大，重耳找
得有點生氣了，便對屬下說：「大家都說介子推是個孝
子，不如我們放火把這山給燒了，他一定不忍心母親
受苦，到時候看他出不出來？」說完便命令屬下放火
燒山。

　　大火熊熊燃起，魏犨則在一旁不服氣的埋怨：「當
初跟隨主公四處流浪的，又不是只有介子推一人。現
在為了找他，竟然動用這麼多人力和時間，等一下他
出來了，看我怎麼羞辱他！」

　　這把火一連燒了三天三夜，但是，介子推終究還

東周列國志

是沒有現身。重耳命令部下在燒得光禿的綿山中尋找，沒想到竟然在一棵樹的空樹洞中，發現介子推母子抱在一起、被火燒得焦黑的屍體。

重耳見此情景，不由得放聲大哭：「子推！子推！是寡人的不智，才害你們母子倆葬身火窟！」重耳脫下身上的衣服，親自蓋在介子推母子的屍體上，傳令屬下將他們好好埋葬，並將綿山改名為介山，以時時警惕自己。

因為誤殺了介子推，重耳從此以後更加注意自己的言行舉止，將晉國治理得很好，成為各國間很重要的領導人。同時，南方幾個地處偏僻的國家，也漸漸的發展起來。

在晉公重耳過世差不多一百年以後，南方的楚國已成為雄霸一方的大國，卻因楚王的一個錯誤決定，差點斷送大好江山。

東周列國志

第五回 不共戴天子胥復仇
淚眼汪汪包胥救國

在楚國，有一位忠心的臣子叫做伍奢，因為楚王搶了原本要許配給太子的美人為妻，甚至要改立自己與美人所生的孩子為太子，伍奢看不下去，便對楚王提出勸誡。楚王一氣之下，把伍奢抓了起來，打算將他處死。

伍奢有兩個兒子，一個叫做伍尚，一個叫做伍子胥。楚王擔心如果殺了伍奢，他們兩人一定會想盡辦法為父親報仇。於是，楚王要伍奢寫信給兩個兒子，說王上仁慈，已赦免了他的罪，並且要封他們兩人做官。其實，楚王是打算將他們騙到京城之後，把父子三人一起殺了。

伍奢知道楚王不懷好意，但是又不敢違抗楚王的命令，只好動筆寫信。

伍尚看過信後，高興得不得了，真的以為父親將被釋放。伍子胥半信半疑的說：「依王上的個性，父親

被赦免已經是不太可能的事，怎麼可能還要封我們為官呢？我看這件事情一定不單純。搞不好王上是打算把我們父子三人一起除掉，以絕後患。」

「子胥你太多疑了，」伍尚說，「萬一信中寫的是真的，那我們不去見王上，豈不是害了父親，背負不孝的罪名？」

「大哥您說錯了，如果我們不去，王上擔心我們復仇，一定不敢殺了父親；我們一去，剛好中了王上的圈套，父親則必死無疑。」

「即便是這樣，能見到父親最後一面，我就算死了也沒有遺憾。」伍尚口氣十分堅定。

「唉！」伍子胥嘆了一口氣，「和父親一起被殺，對事情又有什麼幫助呢？如果大哥您一定要去，那我就要與您告別了。」

「子胥，我的能力比不上你，今天我以死成全我的孝心；改天你為父親報仇以盡孝道，我們在此訣別了。」說完兩人淚流不止，互道珍重後，伍尚便往京城去了。

果然不出伍子胥所料，伍尚一到京城，立刻被抓了起來。但伍子胥尚未落網，楚王又派大夫武城黑率領兩百人前往伍子胥家搜捕。伍子胥聽到消息，知道

父親與哥哥將難逃一劫，便對妻子說：「父親和哥哥的性命都將不保，我打算逃到別的國家，借兵來報仇。可是……我已自身難保，實在無法帶著妳一起走……」

伍子胥的妻子回答說：「大丈夫怎能不報父兄之仇？你不必顧慮太多，快走吧！」

伍子胥滿心愧疚的回房收拾東西，再回到前廳時，妻子已經上吊自殺，氣絕身亡。伍子胥抱著妻子的屍體痛哭失聲，礙於情勢，他只能草草將妻子埋葬了之後，連夜往邊境逃去。

武城黑到了伍子胥家中，發現早已人去樓空，立刻下令追擊，沒多久便追上了伍子胥。伍子胥看追兵已到，回頭射了一箭，正中馬上的一名追兵。接著伍子胥再度搭起弓箭瞄準武城黑，大喊：「姓武的，我跟你無冤無仇，你要是想活命，就回去告訴楚王，他如果還想要讓他的子孫坐上楚國的王位，就別動我父親和大哥一根汗毛，否則，將來我一定想辦法把楚國給滅了，親手砍下楚王的頭！」

武城黑知道伍子胥的箭法神準，嚇得跌下馬來，帶著部下逃了。楚王知道伍子胥不僅逃跑，還口出狂言，氣得下令把伍奢父子押到刑場斬首。行刑之前，伍奢毫無恐懼，只微微一笑，說：「子胥逃到國外，我

看將來楚國的君臣，一定吃也吃不好，睡也睡不好。」說完便被斬首。由於伍奢父子是含冤而死，他們死時周圍瞬間變得天昏地暗，一旁的百姓看了很不忍心，紛紛為他們流下淚來。

　　為了追捕伍子胥，楚王布下天羅地網，在楚國邊境所有的關卡都設下檢查站，所有來往的人都必須詳細盤查。當伍子胥正在思索該怎麼逃出楚國的時候，突然見到一隊車馬，仔細一瞧竟是伍子胥的莫逆之交申包胥的車隊。

　　伍子胥立刻高喊：「包胥！包胥！」

　　申包胥發現是伍子胥，趕緊下車，看到伍子胥一臉疲憊的樣子，問明了事情的經過。聽完伍子胥悲慘的遭遇，申包胥不由得淚流滿面，並問：「那伍兄現在打算怎麼辦？」

　　「我和楚王勢不兩立！」伍子胥咬牙切齒的說：「我打算向其他國家借兵攻楚，殺了楚王才能消我心頭之恨！」

　　「可是……」申包胥身為楚國的臣子，雖然同情伍子胥，卻也不得不勸說：「王上雖然不是賢明的君主，可是你是楚國人，不該這樣對王上啊！」

「楚王搶了自己的媳婦，又亂殺忠臣，我這麼做不過是為楚國除害而已。何況楚王和我有這麼深的仇恨，不把楚國滅了，我還算是人嗎？」

申包胥哭著說：「我如果贊同伍兄報仇，便是對王上不忠；要是叫伍兄不要報仇，等於陷你於不孝，所以我只能祝福你了。站在朋友的立場，我不會洩漏伍兄的行蹤。但我也必須告訴你，如果你率軍攻打楚國，我會拚了命保護國家。」

伍子胥了解申包胥的想法，便不再多說，辭別申包胥，往邊境逃去。伍子胥一路思索，如果要報仇，楚國東邊的吳國應該是最有可能幫助他的。吳國剛剛興起，巴不得可以取代稱霸南方已久的楚國。但是，要到吳國，必須先經過昭關，而昭關也設有檢查站。伍子胥來到昭關附近，卻不知該怎麼安全的通過盤查。他一夜苦思，想不到方法，竟然把頭髮都急白了。守城的將軍，認不出一頭白髮的伍子胥，就這樣讓他通過了昭關。伍子胥搭著船，沿著江水順流而下，終於到了吳國境內。

歷經了一番波折，伍

東周列國志

子胥的旅費早已用完，只好在街頭靠吹簫賣藝維生。

一天，伍子胥如同往常在街頭吹簫，突然有一個男子朝他行禮。

「請問先生尊姓大名？」男子問。

「不過就是個窮要飯的，先生何必過問？」伍子胥低聲回答。

「您說這話就不對了，」男子繼續說，「我叫被離，雖然只是管理這街坊市集的小官，但也稍微懂得觀看面相，我看先生的眉宇之間有不凡的氣質，肯定不是普通的人。現在吳國的公子光正在為國挑選有才能的人，先生要是願意，我可以為您引見。」

「公子光？」伍子胥心想：「我記得公子光原本是吳王的繼承人，後來王位卻被現在的吳王僚奪去，照理說應該心裡很不滿才是，怎麼可能為國挑選人才呢？這其中一定大有文章，我不妨先結識公子光，或許可以有所作為。」於是伍子胥請被離幫忙，希望能與公子光見上一面。

巧的是，伍子胥在吳國的事情，也傳到了吳王的耳中，吳王早就聽聞伍子胥的才能，於是搶在公子光之前，召見伍子胥。

吳王見伍子胥相貌堂堂，談起父親與大哥被殺的

仇恨便咬牙切齒，雙眼好像冒出火光一般。吳王心想，要是能藉著伍子胥復仇的怒火以及他的才能，趁機攻打楚國，說不定能有意外的收穫，因此打算派兵助伍子胥攻打楚國。

「大王，此事萬萬不可！」一個聲音突然冒了出來，伍子胥抬頭一看，講話的人竟是公子光。

公子光繼續說：「大王現在出兵，是為了伍子胥一人而出兵，不是為了吳國的利益。就算打贏了，不過是讓伍子胥高興而已；要是打輸了，吳國反而成了諸侯之間的笑柄。請大王三思。」吳王聽了公子光的話，覺得有理，就對伍子胥說：「出兵之事，寡人還要再想想。」

伍子胥心想：「想必公子光有篡奪王位的意圖，所以才不願意在此時對外發動戰爭。不如我先幫助公子光登上王位，再作打算……但是發動政變、推翻吳王不是一件容易的事，用暗殺的方式，說不定比較有機會成功。」

過了幾天，<u>伍子胥</u>私下拜訪<u>公子光</u>，試探他的心意。果然和<u>伍子胥</u>猜想的一樣，<u>公子光</u>說出了他想暗殺<u>吳王</u>的計畫，而<u>伍子胥</u>則表明他會助<u>公子光</u>一臂之力。

暗殺需要刺客，<u>伍子胥</u>剛逃到<u>吳國</u>的時候，認識了一位武藝高強的男子，名叫<u>專諸</u>。<u>公子光</u>想要暗殺<u>吳王</u>，<u>專諸</u>自然是最佳人選。所以，<u>伍子胥</u>便把<u>專諸</u>介紹給<u>公子光</u>。

<u>公子光</u>不在乎自己身為貴族，多次親自拜訪居住在市場內的<u>專諸</u>，並且常常給他許多金錢與布匹。<u>公子光</u>知道<u>專諸</u>孝順，便時時關心照料<u>專諸</u>的母親。<u>公子光</u>的行徑，讓<u>專諸</u>大為感動。<u>專諸</u>說：「我不過是一個市場內的無名小卒，卻讓您這麼禮遇我。我知道您想要刺殺<u>吳王</u>，但我因為還有老母親要奉養，所以不敢將自己的性命拿來報答您。」

<u>公子光</u>說：「我了解你的心情。但是，除了你以外，沒有人有這個能耐可以殺得了<u>吳王</u>。我答應你，從今以後，你的母親就是我的母親，我會代替你好好照顧她老人家的。」

<u>專諸</u>想了很久，對<u>公子光</u>說：「<u>吳王</u>是個愛好美食的人，特別喜歡魚肉。因此，如果想要接近<u>吳王</u>，必

須先等我去找一流的廚子學習如何烹調魚肉之後，才有機會可以暗殺吳王。」

沒有想到，專諸雖然學成回到吳國，卻遲遲沒有機會行動。就在這個時候，楚王死了。伍子胥知道自己不能親手殺了楚王報仇，不由得捶胸大哭，連續三天三夜都睡不著覺。伍子胥決定，雖然不能親手殺了楚王，但至少也要滅了楚國，鞭打楚王的屍體洩恨，因此，他必須更加積極的幫助公子光當上吳王才行。

隔天一早，伍子胥便來拜見公子光，悄悄的問：「公子打算做的『大事』，有機會了嗎？」

公子光搖搖頭，說：「我天天都在找機會，但卻始終沒有適當的時機。」

「微臣有一計，不妨請您考慮一下。」伍子胥把自己的計謀告訴公子光。

第二天，公子光便按照伍子胥的計策，對吳王說：「楚王剛死不久，大王不妨趁機派兵攻打楚國，看看能不能從中獲得一些利益。」

「嗯！寡人最近也在想這件事。但是不知道誰可以擔任大將，率領軍隊出擊？」吳王說。

「微臣原本應該為國效勞，」公子光說，「但是，前幾天微臣從車上摔下來，弄傷了腿。因此，如果大

東周列國志

88

王要出兵的話，不如派公子蓋餘和屬庸前去，他們是大王的弟弟，一定可以完成這個使命。」

「如果有其他諸侯干預怎麼辦？」吳王還是有點擔心。

「大王可以派大臣延陵季子去晉國觀察諸侯的動靜。萬一諸侯真有意見，也可以提早回報給您。」蓋餘、屬庸、延陵季子都是可能繼承吳王位子的人選。伍子胥這一招，為的就是將所有可能即位的人派到國外去，等公子光殺了吳王，順利即位之後，木已成舟，其他人也無力阻止。

吳王當然沒有想到這是公子光和伍子胥的計謀，於是便按照公子光的建議，派兵出擊。

等蓋餘、屬庸、延陵季子等人陸陸續續離開吳國之後，公子光以提前慶功為由，邀請吳王到自己家裡吃飯，並對吳王說：「微臣最近找來一個廚子，烹調的魚料理十分好吃，請大王一定要來寒舍品嘗一下。」

聽到有好吃的魚料理，吳

王的口水已經快要流出來了，便答應公子光的邀約。

宴席當天，公子光在密室裡埋伏了許多的士兵，而不知情的吳王就像飛蛾撲火一樣，來到公子光的家中。吃了幾道菜後，公子光假裝腳痛，先行告退。等公子光離開後，專諸便捧著一道香噴噴的紅燒魚進來。為了吳王的安全，所有上菜的廚子都必須經過嚴密的搜身，看看身上是否有攜帶武器。專諸也一樣被仔仔細細的搜了一遍，將士沒有搜到武器，就讓他進入餐廳了。正當專諸跪在吳王的面前，翻動魚肉準備伺候吳王時，專諸突然從魚肚中抽出一把短劍，一劍刺進吳王胸口，當場就殺了吳王。吳王的將士一擁而上，專諸被砍成肉泥，但吳王已死，眾將士大亂，此時公子光預備的士兵殺出，很快就平息了混亂。

公子光將吳王僚不當取得王位的罪狀公告國人，之後便自立為王，號為闔閭。為了報答伍子胥，闔閭一即位，立刻下令派兵協助伍子胥攻打楚國。

由於伍子胥帶著父兄被殺的憤恨，加上有「兵聖」孫武相助，大軍勢如破竹，一下子就攻入了楚國的京城。繼位的楚王年幼，根本無力抵抗，只能在大臣們的掩護之下，逃離京城。闔閭在楚國京城內大宴群臣，慶祝這場勝仗。當大家喝得正痛快的時候，只有伍子

東周列國志

胥反而在一旁痛哭不已。闔閭問伍子胥：「愛卿的仇不是已經報了嗎？為什麼還這麼悲傷呢？」

伍子胥說：「與我有仇的楚平王已經死了，新任的楚王又逃走，微臣的仇恨，連萬分之一都沒有報，想到這裡，忍不住就難過起來。」

「那寡人要怎麼幫助愛卿呢？」闔閭問。

「懇請大王准許我挖出平王的屍體，我要將他斬首，才能消我心頭之恨！」伍子胥忿忿的說。

「哈哈！我以為是什麼難事！愛卿幫寡人這麼多，寡人又何必去愛惜那一堆枯骨呢？你想做什麼就去做吧！」

聽到闔閭如此說，伍子胥起身，連慶功宴也不參加了，立刻率領軍隊到處尋訪楚平王的墳墓。但是找了許久，就是找不到。正在煩惱的時候，有一位老翁前來求見。

老翁說：「平王知道自己結怨太多，所以叫人把自己葬在東門外的大湖裡。將軍要得平王的棺木，必須得潛到湖裡才能找到。」

伍子胥半信半疑的問：「您怎麼會知道？」

老翁說：「因為我就是當初造墓的工人之一。為了保密，在平王墓造好之後，造墓的工人全都被平王滅口，只有我僥倖逃過一劫。」

伍子胥謝過老翁，立刻叫人阻斷河水，等到湖水漸漸乾了，湖底果然出現一口石棺。但這石棺出奇的重，眾人使盡所有的力氣卻還是抬不動。最後眾人只好直接在湖底撬開石棺，發現裡面只有楚王的衣服跟數百斤的鐵。老翁說：「這是假的棺，真的棺在下面。」

眾人除去石棺的底層，果然底下還有一個棺木。伍子胥叫人撬開棺木，只見楚平王的屍體仍完好如初。伍子胥怒氣衝天，抓著鞭子，不斷鞭打平王的屍體，直到面目全非才罷手，又叫人將屍體丟在荒野。但是，光是這樣，並不能消除伍子胥對楚平王的恨意，他立刻率領大軍從楚國京城往西邊進攻，打算找出逃走的楚王，好一舉消滅楚國。

申包胥看伍子胥有如失控一般，竟然連鞭屍這樣殘忍的事情都做得出來，便寫了封信請使者交給伍子胥，信裡寫著：

伍兄為先王舊臣，現在竟然對先王的屍體做出這麼可怕的事情。雖然說伍兄與先王有深仇大

恨，但這樣做是否太過分了？希望伍兄能夠適可而止，不然，弟將實現當初「保護楚國」的諾言。

伍子胥看了申包胥的信，沉思很久，對使者說：「你回去對包胥說：『自古忠孝不能兩全，我現在已經走到絕路，只有不顧禮法，不擇手段了！』」

申包胥聽到使者的回報，流著淚說：「我再不想辦法，楚國真的會被滅掉。」他想到當今的楚王，是秦公的外甥，秦國離楚國又近，如果能夠得到秦國的幫忙，應該可以阻擋吳國的兵馬，於是馬不停蹄的趕到秦國。

秦公接見了申包胥，但是，對申包胥的要求卻回答：「我國位在西方的偏遠地方，沒有強大的軍隊，連保護自己的力量都不夠了，又怎麼能出兵幫助楚國呢？」

「可是，秦、楚國境相連，要是楚國被滅了，下一個就是貴國了。如果您願意出兵保住楚國，對貴國也是一個屏障。希望您能好好考慮！」

「好……」秦公敷衍的回答：「那你先稍微休息，等寡人和大臣們商議過再說。」

東周列國志

申包胥謝過秦公，退了出去。秦國的大臣立刻對秦公說：「主公！出兵之事萬萬不可啊！」

　　「什麼可不可的？」秦公笑著說：「喝酒！」此時的秦公，早已不是當初與晉惠公夷吾在龍門之戰中大獲全勝的秦穆公，而是一個貪愛喝酒的昏君。放著朝政不管，整天只和一些大臣們喝酒過日子。幾杯美酒下肚之後，申包胥的請求早就被拋到九霄雲外去了。

　　申包胥見秦公遲遲不下決定，便每天跟著秦公，苦苦哀求，希望秦公可以出兵救楚。

　　「你煩不煩啊！」秦公終於忍不住說，「寡人絕對不會派兵幫助楚國的，你死心吧！」

　　聽到秦公不願意發兵，申包胥想到楚王至今不曉得身在何方，又想到楚國的百姓還身陷在水深火熱之中，便在秦國的宮廷裡大哭了起來。

　　申包胥哭了兩天，秦公的侍者說：「讓我們去教訓他吧！煩都煩死了。」秦公卻說：「讓他哭吧！看他有多少眼淚可以流！」又過了兩天，申包胥還是不分晝夜的哭，哭得秦公都覺得煩了，乾脆把門窗都關上。

　　沒想到申包胥竟然連續哭了七天七夜。秦公手裡拿著酒杯，聽著申包胥

的哭聲，再看著周圍那一群醉倒在朝廷上的大臣們，他突然對侍者說：「不喝了！」說完便把酒杯丟在地上，「申包胥的眼淚都跑到酒杯裡來了。楚王有這樣的賢臣，吳國仍然要把楚國給滅了，而我國都是這一群醉生夢死的大臣，吳國又怎麼會放過我國呢？」

　　秦公打開門，親手扶起申包胥，對他說：「寡人這就派兵幫助你，和你一起對付吳國大軍。」於是，秦國的大軍很快的往楚國進兵，而吳軍在伍子胥急於復仇的率領之下東征西討，一刻也不得休息，早已是疲憊不堪。面對秦國的大軍，剛開始便打了幾場敗仗，退到楚國京城附近。

　　闔閭覺得有點害怕，便問孫武該怎麼辦。孫武說：「戰爭是一種危險的手段，可以在短時間內擴張領土，卻不能成為長久統治的方式。楚國的土地太大，我軍進攻的速度太快，不能好好的統治每一個地方，楚國人心也尚未服從大王。依微臣之見，不如與楚國談和，讓楚國割讓西邊的土地給大王。這樣一來大王獲利，二來也可以避免與秦國正面衝突。」

　　伍子胥雖然不願意就此罷手，但是他也知道孫武說的話很有道理，就不再反對。於是闔閭便照孫武的話，與楚國談和，率軍回吳國去了。離開楚國時，伍

東周列國志

子胥想到申包胥，忍不住嘆了口氣，說：「包胥！包胥！大家都說你柔弱又愛哭，沒想到你的眼淚卻救了楚國啊！」

楚王好不容易回到京城，認為申包胥的功勞最大，打算大大的賞賜他。但申包胥卻逃入山中，不肯接受楚王的封賞。申包胥的妻子問：「你為了楚國費了這麼大的功夫向秦國借兵，卻不肯接受王上的封賞，這是什麼原因呢？」

申包胥回答：「我當初為了顧及朋友的立場，沒有洩漏伍兄的行蹤，導致他率領吳軍，幾乎把楚國給滅了，這是我的罪過，又哪裡敢說有什麼功勞呢？」楚王找不到申包胥，只好將一面「忠臣之門」的旗子掛在申包胥的家門外，用以表彰他的功勞。

和申包胥一樣不肯接受封賞的還有吳國的孫武。這次攻打楚國，孫武的許多計謀，讓吳國的軍隊百戰百勝，因此闔閭認為孫武的功勞最大。但是孫武卻在封賞之前就逃走了。伍子胥一路追趕，終於追上孫武。伍子胥問：「孫將軍為何不接受封賞呢？」

孫武反問伍子胥：「伍兄知道天道嗎？」不等伍子胥回答，孫武便接著說：「春夏秋冬，是自然的法則，人生也是一樣。現在王上靠著戰功，開始驕傲起來，我們為人臣子的，如果不知道在功成之後退出政局，將來一定會遭遇不幸的。我說的不是只有自己而已，伍兄也要三思啊！」

伍子胥笑著說：「孫將軍太過操心了，王上不會這樣對我們的。」

「那麼，我們就在這裡告別了。」孫武知道伍子胥聽不進自己的話，便不再多說，向伍子胥道別。伍子胥留不住孫武，只好自己一個人回去。

沒想到過沒多久，孫武的話真的應驗了。

第六回

痛定思痛夫差報仇
嘗膽雪恥句踐復國

　　自從吳王闔閭大敗楚國，威震各國後，他變得非常驕傲，認為自己天下無敵，於是他花了許多的人力和財力，建造豪華的宮殿，好誇耀自己的豐功偉業。

　　不幸的是，太子得病死了，闔閭只好從其他的兒子裡挑選新的太子，但闔閭的兒子很多，所以遲遲不能決定。

　　已死的太子有一個兒子，叫做夫差，已經二十六歲了。夫差聽說祖父要從幾位叔叔裡面選一位立為太子，他知道祖父一定會詢問相國伍子胥的意見，便暗地裡跑去找伍子胥，對他說：「我原本就是太子的兒子，照理說是王上的長孫，現在王上要立太子，應該是立我，而不是立那些叔叔，希望相國在王上面前為我多說些好話。」伍子胥聽完夫差的話，覺得頗有道理，便答應夫差，會在闔閭面前大力推薦立他為太子。

　　過了不久，闔閭果然召伍子胥進宮商議立太子的

事。伍子胥說：「按照禮法，立太子必須以長子優先，這樣才不會造成國家混亂。現在太子雖然不在了，但是，還有長孫夫差。微臣建議大王立夫差為太子。」

「可是，」闔閭有點猶豫，「寡人看夫差不像個仁慈的人，而且沒有什麼深謀遠慮，恐怕不能維繫我國的命脈。」

「微臣不這麼認為，我看夫差對人講信用，待人也重禮義。況且，父死子繼，這是天經地義的事情。請大王三思。」

「嗯……」闔閭考慮了很久，對伍子胥說：「好吧！寡人就聽你的，希望愛卿多多輔佐太子。」隔天闔閭宣布立夫差為太子。夫差為了感謝伍子胥的幫忙，特地來到伍子胥家中，跪地磕頭向他道謝。

過了幾年，闔閭年紀大了，性格變得很暴躁，就連伍子胥的話也聽不進去。吳國南邊有一個小國叫做越國，常趁吳國不注意的時候，騷擾吳國的邊境，但是吳國平常必須面對許多北方的強國，沒有時間顧及越國，所以越國的問題一直讓闔閭覺得很頭痛。

恰巧，越王過世了，太子句踐即位，闔閭便想利用這個機會，出兵好好教訓一下越國。伍子胥阻止闔

閤說：「雖然越國常常在邊境騷擾我國，但是，如果在越國有喪事的時候攻擊他們，對於我國來說是不吉祥的，請大王三思。」

「哼！當初要不是我們趁著楚平王之死派兵攻楚，你哪裡有機會報仇？」闔閭根本不聽伍子胥的建議，命令伍子胥和夫差留在國內，自己帶著軍隊往南攻打越國去了。可是，闔閭完全忘記了，當初吳王僚正是因為派兵攻打楚國，才使自己有機可乘而篡位的。趁喪事攻打他國，確實不祥，而這次的不祥，就要降臨到闔閭身上了。

闔閭驕傲自大，認為不需要害怕越國，因此要軍隊不斷的前進。沒想到句踐利用計謀，將吳軍團團包圍，這時越國將軍靈姑浮獨自一人殺入吳軍當中，吳軍被殺得潰不成軍。闔閭想趁亂逃走，卻正面遇上了靈姑浮，只見靈姑浮舉刀砍下，嚇得闔閭連忙往後一退，右腳來不及閃躲而被砍傷。

吳軍見闔閭受傷，急忙前來相救，並趕緊撤退。但越軍乘勝追擊，吳軍死傷慘重。而闔閭因傷勢過重，還沒回到吳國就不治身亡了。句踐戰勝吳國的消息一下子就傳開了，各國再也不敢小看越國。

夫差帶著祖父被殺身亡的痛苦即位，發誓一定要

東周列國志

報仇。<u>夫差</u>命令十個侍者，每天輪流站在中庭裡面，每次<u>夫差</u>經過的時候，侍者便大聲喊：「<u>夫差</u>！難道你忘記<u>句踐</u>殺了你的祖父嗎？」藉此不斷提醒自己，要向<u>句踐</u>報仇。

<u>夫差</u>也命令<u>伍子胥</u>和大臣<u>伯嚭</u>訓練水軍，同時加強軍隊的各項戰鬥技能，準備等到三年守喪完畢，便立刻發兵向<u>句踐</u>報仇。

一轉眼三年就過去了。<u>夫差</u>任命<u>伍子胥</u>為大將，率領大軍進攻<u>越國</u>。越王<u>句踐</u>召集大臣們商議對策，<u>范蠡</u>說：「吳王這次是帶著國仇家恨而來，況且經過了三年的訓練，這股力量銳不可當。因此微臣建議應該著重防守，不要主動進攻。」

<u>文種</u>接著說：「我覺得連守都不要守，直接跟<u>吳國</u>談和算了。我們應該放低姿態，向吳王道歉，等他們退兵之後，再作打算。」

<u>句踐</u>聽了很不高興，拍著桌子大罵：「你們這兩個廢物！一個要寡人只守不攻，一個要寡人談和道歉。想當年寡人打<u>闔閭</u>這老傢伙的時候，也沒

有多難打。現在夫差不過只是個乳臭未乾的小子，也敢跟寡人為敵？」句踐不聽范蠡、文種的勸告，發兵三萬人，與吳軍正面交鋒。

一開始，越軍的確打了幾場勝仗，句踐因此志得意滿，親自率軍長驅直入，攻進吳國。走沒多久，越軍便在江上遇到吳軍，夫差站在船頭，親自擊鼓，將士大受激勵。突然間，北風大起，由北往南進攻的吳軍藉著北風順勢而下，並朝越軍放箭，一時之間萬箭齊發，箭如雨下，越軍閃避不及，紛紛中箭。吳軍乘勝追擊，越軍大敗。

句踐算算身旁的軍隊，只剩下五千多人而已。不由得大嘆：「唉！寡人要是當初能夠聽范蠡、文種的話，也不會受到這樣的屈辱。」吳軍的攻勢像野火燎原一般，越軍根本無力抵擋。句踐問大臣們有什麼好的建議。文種對句踐說：「微臣當初提出談和的建議，現在也許還來得及。」

「真的嗎？要是夫差不肯答應怎麼辦？」

文種說：「吳國有一位大臣名叫伯嚭，是個貪財好色的人。伯嚭和伍子胥不合，而夫差因為靠著伍子胥才當上吳王，所以事事都怕伍子胥，反而與伯嚭較親近。大王如果能賄賂伯嚭，趁伍子胥在前線作戰時，

請伯嚭說服夫差退兵，這樣就算伍子胥想要阻止也來不及了。」句踐聽完覺得很有道理，便派文種帶著金銀財寶和八名美女，趁著夜晚前往伯嚭的營帳。

　　起初伯嚭不願見文種，但是聽說文種不是空手而來，便請文種進入營帳。文種恭恭敬敬的說：「我們國君句踐年幼無知，不會治理國家，得罪了貴國。現在國君已經知道錯了，願意投降，作吳王的僕人，但是又怕吳王不肯答應。而大人您既是吳王的心腹，又是明理之人，所以國君派文種先來拜見大人，請大人在吳王面前美言幾句。為了答謝大人，國君特別交代我送上美女和金銀，希望大人笑納。」

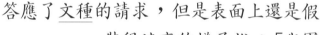

伯嚭聽到有美女和金銀，心裡已經答應了文種的請求，但是表面上還是假裝很清高的樣子說：「我軍把越國給滅了，不過是早晚的事情，越國的東西遲早是吳國的。你光靠這些就想要收買我嗎？」

文種說：「越軍雖然打了敗仗，但還有五千精兵，可以與吳軍決一

東周列國志

死戰。而且這五千位勇士已經決定，要是他們打輸了，就一把火把越國的宮廷、倉庫給燒了，到時候誰也拿不到好處。

「再說，就算越國的美女和寶物都被吳國奪去了，也是全部進了吳王的後宮與倉庫，大人您可以拿到的，不過只有一點點而已。如果大人願意幫我們國君在吳王面前美言幾句，事成之後，將來所有進貢給吳王的美女和寶物，都得先經過大人，才會給吳王，這樣不就等於越國全都是您的了嗎？而且……」文種停了一停，又說：「所謂『狗急跳牆』、『困獸之鬥』，在被逼到絕境的情況下，這五千名勇士不見得那麼容易就會被打敗呢！」

文種這一段話，深深打動了伯嚭貪財好色的心，於是伯嚭答應文種，安排文種晉見夫差。

第二天一大早，伯嚭帶著文種到了夫差的軍營，伯嚭先進去對夫差說明越王句踐有意談和的事情。夫差聽了生氣的說：「寡人跟句踐有不共戴天之仇，怎能跟他談和呢？」

伯嚭對夫差說：「大王請息怒，您記得孫武將軍所說過的話嗎？他說：『戰爭是一種危險的手段，可以在短時間內擴張領土，卻不能成為長久統治的方式。』

107

越國雖然得罪大王，現在句踐願意當您的僕人，貢獻越國的珍寶給您，他們所求的，不過只是讓越國可以繼續存留而已。我們接受越國的貢品，可以豐厚我國的實力；赦免越國的罪過，讓諸侯看到您的氣度，則是可以讓您在各國間享有好的名聲，這是名利雙收的好機會。

如果大王執意進攻，到時候越國什麼都沒了，對大王也沒有好處啊！」

夫差想了很久，又問：「文種所說的，都是真的嗎？句踐真的會到吳國來作寡人的僕人嗎？」

「大王不信，可以直接問他。」說完，伯嚭便叫文種進來面見夫差。

文種一路跪著爬進營帳，將伯嚭剛才所說的，又對夫差說了一次。夫差看文種很誠懇的樣子，便相信文種，並答應了越國的要求。

「大王且慢！」正在此時，伍子胥衝進營帳內。原來，在前方作戰的伍子胥，聽到文種前來談和的消息，知道夫差一定會受伯嚭的影響而答應，立刻趕回營中，不過還是來晚了一步。

「大王難道已經答應了文種嗎？」伍子胥眼露凶

光，質問夫差。

「是……啊。」對夫差來說，伍子胥就像他的老師一樣，此時夫差就像個做錯事的學生，心虛的回答。

「大王！萬萬不可！我國和越國相鄰，不是我們滅了越國，就是越國滅了我們。而且我國和越國民情、風俗相似，如果滅了越國，便可以馬上統一成一個大國。更何況，我國與越國又有深仇大恨，難道大王忘記了嗎？」

夫差被伍子胥問得說不出話來，用求助的眼神望向伯嚭。伯嚭說：「相國說這些話就不對了。您說吳國和越國一切都很相像，所以就一定要合成一個國家。那秦、晉、齊、魯，也都很相像，他們怎麼都沒有說要合併呢？而且，先王的大仇，如果真的那麼不可赦免的話，楚國殺了您父親和兄長的仇恨不是更大嗎？可是您也沒有滅了楚國啊！」

夫差聽了，十分高興的說：「伯嚭說得很對，相國就別再說了，寡人已經決定，就這麼辦！」

伍子胥氣得說不出話來，掉頭就走，喃喃念著：「二十年內，吳國

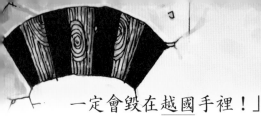

一定會毀在越國手裡！」

　　夫差退兵以後，句踐遵守諾言，帶著妻子以及范蠡，到吳國當夫差的僕人。臨走前，句踐將國家大事交給文種，囑咐他好好訓練軍隊，並且說如果自己還有機會回到越國，一定會再率領大軍攻吳，以洗刷這奇恥大辱。送行的大臣聽到句踐這些話，不禁流淚痛哭。

　　句踐到了吳國，先派范蠡帶著豐厚的金銀與美女獻給伯嚭，希望他能在這段期間內好好照應自己與夫人。伯嚭收了句踐這麼多好處，便向范蠡拍胸脯保證，一定在夫差面前為句踐說好話。之後，伯嚭親自用囚車押送句踐等人，來到夫差面前。

　　句踐光著上身，跪在夫差的面前說：「罪臣句踐，不自量力，得罪了大王，如今得到大王的赦免，因此特別來到大王面前，作您的僕人。」

　　夫差得意的笑著說：「寡人要是非報先王的仇不可，你早就沒命了。」

　　句踐叩頭說：「多謝大王不殺之恩，現在開始，罪臣的命就交在大王的手裡了。」

　　伍子胥看夫差不殺句踐，便對夫差說：「看到天空

的飛鳥，大王都會拿起弓箭射下來，現在獵物在您的面前，您竟然要留他活口？句踐都已經死到臨頭了，還講這些昧著良心的話，可見他是多麼狡猾的人。大王不殺句踐，豈不是養了一隻老虎來傷害自己嗎？」

「寡人聽說誅殺投降的人，是會禍及子孫的，寡人不殺句踐，是怕違逆天道啊！」夫差解釋說。

「是啊！是啊！」伯嚭趕緊接話：「大王有仁慈的心，相國不了解嗎？」

看夫差和伯嚭一搭一唱，伍子胥氣得拂袖而去，夫差也就任由他走了。

夫差叫人在闔閭的墓旁蓋一間簡陋的石頭屋，讓句踐等人居住。他們平常做些養馬的粗活，過得十分辛苦，幸好伯嚭時常送些食物給他們，所以生活不至於挨餓受凍。

夫差每次出遊，句踐都必須抓著韁繩走在前面，吳國人看到了，都在一旁指指點點的嘲笑說：「這就是越王啊！」堂堂一國之君，雖然受到各種的汙辱，句踐也都只能忍氣吞聲，就這樣過了將近三年的時間。

有一天，夫差在高臺上看到句踐與妻子坐在馬糞堆旁，范蠡站在一邊，雖然同為囚犯，但依然不失君臣之禮。夫差便對伯嚭說：「你看，句踐不過是小國的

國君，在這樣的情況下，范蠡還是不忘彼此的身分。」

伯嚭回應：「是啊！不但難得，而且令人同情。」

「愛卿覺得，如果句踐改過自新，寡人可以赦免他，讓他回越國嗎？」

「大王願意這樣做，真是仁君的表現。您對越國的恩惠這麼大，他們一定不敢忘記的。」

「好吧！那請太史官選個好日子，送句踐他們回國吧！」

聽到夫差有意送句踐回越國，伍子胥連忙進宮對夫差說：「當初夏朝的桀王抓了商朝的湯而不殺他，所以被湯所滅；商朝的紂王關了周文王又放他走，所以被文王的兒子推翻。現在大王不殺句踐，將來一定會有禍患的。」

夫差聽了伍子胥的話，覺得很有道理，打算殺了句踐以絕後患，沒想到他卻在這時生了病，暫時無心管句踐的事，句踐因此逃過一劫。三個月過後，夫差的病情不見好轉。句踐要懂得占卜的范蠡替夫差卜個卦，算算吉凶。

范蠡卜了卦，對句踐說：「再過不到一個月，夫差的病就會好。大王可以請求面見夫差，表示慰問。如果大王順利見到夫差，便當著他的面，嘗嘗他的糞便，

然後對他說：『一個月內病就會好！』到時候夫差的病真的好了，他必然對大王滿心感激，就會赦免大王的。」

「啊？要寡人吃他的糞便？這種事寡人怎麼做得出來？」

「大王，」范蠡勸句踐，「要做大事的人，必須不拘小節。夫差雖然有仁慈的心，卻沒有堅定的意志，所以才會說要讓您回國卻又反悔。如果大王無法表現得出人意料，怎能打動夫差的心呢？」

句踐點頭表示贊同，後來便透過伯嚭表達探望夫差的意願。夫差准許了句踐的請求，勉強撐起身體，對句踐說：「你也來看寡人啊？」

「罪臣聽說大王身體不舒服，特地來慰問您……」話沒說完，夫差突然肚子痛，便去上廁所。夫差上完廁所，僕人正要將糞桶拿去清理，句踐趕緊把握機會說：「大王，罪臣在老家曾經學過一點醫術，可以從人的糞便中得知身體狀況。請大王允許罪臣查看。」夫差同意，句踐打開蓋子，用手沾了糞便，跪著嘗了一口。旁邊的人看得快吐了，句踐卻絲毫沒有噁心的表情。

句踐對夫差說：「恭喜大王，您的病就快好了！罪臣從您糞便的味道研判，不超過一個月，您的病就會好了。」

夫差被句踐的行為感動，高興的說：「句踐，你為寡人做的事實在太難得了。伯嚭，如果是你，你敢吃寡人的糞便嗎？」

伯嚭搖著頭說：「唉！雖然微臣很敬愛您，但是我做不到句踐所做的事啊！」

夫差命句踐回去，又對伯嚭說：「等寡人病好，就放句踐回國吧！」

果然，一個月內夫差的病就好了。夫差對句踐十分感激，叫人為句踐準備了豐盛的宴席。席間，兩人就像朋友一樣，喝得酩酊大醉。夫差告訴句踐，三天後就讓他回越國。

伍子胥知道了，連忙前去阻止，說：「大王用客人之禮對待仇人，天底下哪裡有這樣荒謬的事？句踐表面上對您順服，私底下是為了復仇啊！如果您放他回國，不正是把老虎送回山裡面嗎？日後必定禍患無窮啊！」

夫差生氣的說：「寡人病了三個月，相國一句好話也沒有，也沒有送點好東西來幫寡人補身體。句踐拋

棄自己的王位，來當寡人的僕人，甚至為寡人嘗糞，這樣的好人，要去哪裡找呢？相國別再多說了。」不管伍子胥再怎麼阻止，夫差心意已決，不再改變了。

三天之後，夫差送句踐出城，句踐恭恭敬敬的叩頭說：「大王留罪臣一條活命，還讓罪臣今天能夠活著回到故鄉，我越國必定生生世世作大王的僕人。」夫差聽了非常感動，還親自扶句踐上車。

范蠡在前頭駕駛，直到離開夫差的視線，才稍稍鬆一口氣。

在越國的文種早已聽說句踐即將回國的消息，立刻率領眾大臣在江邊等著。句踐見到大臣們，不禁流淚痛哭，他決定把這三年的委屈與辛酸，化為復仇的火焰，猛烈的燒向夫差，要他付出代價。

回國以後，句踐依舊過著像在吳國時的清苦日子，並且在自己睡覺的地方，掛著一個膽，每次起床便嘗嘗膽的苦味，提醒自己曾在吳國受到的屈辱。句踐與百姓過著一樣的生活，並且常常與百姓一塊耕田，夫人也親自織布，和百姓同甘共苦。對於吳國，也是百依百順，常常進貢好的東西給夫差和伯嚭。夫差還以為是因為自己的啟發，才讓句踐變成這樣的好君王。

夫差對伯嚭說：「現在天下太平，寡人覺得無聊極了，最近有什麼樂子嗎？」

伯嚭說：「不如請大王蓋個可讓六千人同時表演舞蹈的宮殿，讓大王可以好好享樂一下吧？」夫差覺得這是個很好的主意，馬上就答應了。

消息傳到句踐耳中，他立刻叫人送上一對神木。夫差高興極了，立刻徵調大批的工人，準備建造華麗的宮殿。

伍子胥反對說：「大王，夏桀蓋靈臺、商紂蓋鹿臺，耗費了大量的民力，最後才導致滅亡。現在句踐送神木來，是為了要消耗我國的國力啊！大王千萬不要上當！」

夫差不聽伍子胥的勸告，依舊花了八年的時間，蓋了廣大的宮殿。百姓日夜趕工，累死、受傷的人不計其數。

句踐聽說宮殿蓋好了，便對文種說：「現在有跳舞的宮殿，該是送會跳舞的美女進宮的時候了。」於是，他下令在國中找尋能歌善舞的美女，準備獻給夫差。

在越國有個西村，村裡有位姓施的美女，大家都稱她為西施。西施每次在溪邊浣紗，她的美總讓見過

的人讚嘆不已。句踐得知後，叫人用重金禮聘西施，並帶她進宮學習舞藝。載著西施的船沿江而上，兩岸的百姓早就聽聞西施的美貌，紛紛擠在江邊，或是搭船堵在江上，搶著要看西施，水陸交通頓時陷入混亂。負責來接西施的范蠡傳令：「要看西施的，先繳一文錢。」百姓趕緊掏出錢來，一下子就把收錢的櫃子給裝滿了，所收的錢都進了越國的府庫。

句踐將西施送至越國最好的歌舞老師那裡學習，並叫人指導西施應對進退的宮廷禮儀。花了三年的時間，才將西施送給夫差。

西施原本就是美女，經過了三年的訓練，變得更加楚楚動人。夫差一見到西施，還以為是仙女下凡，整個人都傻了。

伍子胥又阻止夫差說：「大王，夏朝因為妹喜而亡國，商朝因為妲己而被推翻，周幽王也因為褒姒而遭受犬戎之禍！美女是禍水，大王千萬不能接受啊！」

夫差生氣的說：「相國三番兩次用夏桀、商紂這些昏君來比喻寡

人，寡人真的這麼昏庸嗎？你是嫉妒寡人得到這樣子的美女吧！」夫差根本不聽伍子胥的勸告，將西施納為妾，從此日夜玩樂，不再管理政事。為了取悅西施，夫差又大興土木，為西施蓋了一座館娃宮，所耗費的人力、物力更是難以計算。

伍子胥看到越國一天比一天強大，吳國卻一天比一天衰落，便把孩子送到齊國去，以免將來受到戰火波及。但卻因此讓伯嚭有了他的把柄，在夫差面前大作文章，說伍子胥把孩子送到齊國，是為了要和齊國結盟，背叛吳國。

夫差生氣極了，剛好伍子胥又為了句踐的事前來指責他，夫差對著伍子胥大罵：「你這個傢伙，三番兩次講些不中聽的話觸寡人霉頭，寡人顧念你是先王愛臣，一直忍著不殺你，現在，」夫差抽出佩劍，丟在伍子胥面前，「你自己看著辦吧！」

伍子胥撿起劍，指著天大喊：「老天啊！當初先王不肯立夫差，我為他力爭；諸侯瞧不起夫差，我為他破楚敗越，名震諸侯。現在夫差不聽我的建議，反倒要我死。我今天一死，明天越國的軍隊就到了！」轉而囑咐僕人：「等我死後，把我的眼睛掛在東門

上，我要親眼看見越軍進城。」說完便將劍往脖子一抹，應驗了孫武當初所說的話。

伍子胥一死，句踐的心腹大患便消失了，於是句踐率領越國的大軍向吳國進攻。起初，夫差還以為這是屬下的誤傳，天真的以為句踐不可能背叛自己。直到句踐已經兵臨城下，才發現大勢已去。只好舉起佩劍，對一旁的親信說：「等寡人死了，將寡人的眼睛用三層布包起來，寡人沒有臉見伍子胥啊！」說完，便用劍結束了自己的生命。

而從越王句踐到吳國忍辱負重為僕，一直到夫差自殺、句踐滅了吳國，正好如伍子胥所預料的，整整二十年。

第七回

孫臏龐涓拜把之交
萬箭穿心一語成真

在越王句踐滅了夫差將近一百年之後，國際的局勢已經有了很大的轉變。許多小國慢慢被一些強大的國家併吞，逐漸形成以秦、楚、燕、齊、韓、趙、魏七個國家為主的局面。國家之間彼此爭奪領導地位，發展軍事強權。為了增強國力，各國國君紛紛邀請一些有能力的謀士來當自己的臣子。因此，很多有聰明才智的人投身在有名的老師門下，加強自己的實力，希望有朝一日，能夠被國君所用，獲得更高的名聲。

陽城有一個地區樹林茂密，不像是人住的地方，所以大家都稱之為鬼谷。鬼谷裡住著一位隱士，自稱鬼谷子。鬼谷子上通天文下知地理，因此很多人慕名而來成為他的學生。其中，有兩位學生表現得特別出色，一個叫孫臏，一個叫龐涓。

孫臏是孫武的孫子。江湖上盛傳，孫武曾經寫了

一本孫子兵法，吳王闔閭當初就是靠著這本兵書才打敗楚國的。不過，闔閭不願意讓別人得到這本「必勝手冊」，所以將書藏在吳王的宮殿中。後來越王大敗闔閭，這本書也在戰火當中被燒掉了。因此，就連孫賓也沒有看過這本書。

孫賓和龐涓一同在鬼谷子門下學習，兩人的感情非常好。有一天，龐涓在山下挑水，偶然間聽到路人談論魏王正在招募人才，覺得非常心動，想要去魏國發展，卻不知道該怎麼跟老師說。

鬼谷子看出龐涓的心事，便對他說：「龐涓，你跟著我三年了，我看差不多是你可以下山求取富貴功名的時候了。」

這句話正好說中龐涓的想法，於是他對鬼谷子說：「弟子正有這個打算，但不知道此行是福是禍？」

鬼谷子說：「你去摘一朵花，我為你占卜吉凶。」

龐涓立刻摘了一朵小花回來。鬼谷子一看，說：「這花叫『馬兜鈴』，一次開花便開十二朵，表示你將飛黃騰達十二年。這花從鬼谷中採得，見到光便枯萎了，一個鬼加一個姜，表示你發展的地方是在魏國。」

龐涓聽了很高興，正要拜別老師，鬼谷子卻語重心長的交代：「記住，你不可以做出欺騙或背叛他人的

事情，否則將來不會有好下場。老師送你八個字：『遇羊而榮，遇馬則瘁。』你要謹記在心。」

龐涓謝過鬼谷子的指點，便準備下山去了。孫賓送龐涓下山，龐涓說：「我跟孫兄情同手足，我如果獲得功名富貴，一定會推舉孫兄。」

孫賓問：「賢弟說的是真的嗎？」

「當然是真的！如果我沒有遵守諾言，將來必定萬箭穿心而死！」

孫賓連忙阻止說：「賢弟不用發這麼重的誓，我相信你就是了。」

來到山腳下，孫賓、龐涓兩人哭著彼此道別後，便分道揚鑣。孫賓回到山上，鬼谷子見孫賓還流著淚，問孫賓說：「怎麼？你捨不得龐涓離開嗎？」

「當然，我們當同學這麼久了，他這次離開，不知道什麼時候才會再見面。」

「你覺得龐涓有成為大將的才能嗎？」鬼谷子問。

「這是當然的，龐涓受您的指導這麼久，將來一定大有可為。」

「呵呵！」鬼谷子冷笑兩聲，「這你就錯了！」

「老師這話怎麼說？」

鬼谷子也不明講，只從箱中取出一卷竹簡，對孫

賓說：「這是你祖父孫武所寫的孫子兵法。我與你祖父是好朋友，所以當初他另外抄寫了一份給我，所有的兵法奧妙，都在這本書中。我看你心地善良，才將這兵書給你。」

孫賓瞪大了眼睛，說不出話來，過了好久，才說：「弟子只聽說祖父有這本書，但從沒見過。可是，老師為什麼不把這本書傳給龐涓呢？」

鬼谷子搖頭說：「善用這本書，天下都會受益；誤用這本書，天下都會受害。唯有心地淳厚的人，才能得到這本書。龐涓心術不正，怎麼能傳給他呢？」

孫賓恭敬的接過孫子兵法，心想：「老師誤會龐涓了，將來有機會，我再把這本書傳給他。」孫賓日夜研讀，三天之後，便把書還給鬼谷子。鬼谷子一篇一篇的提問，孫賓都對答如流。鬼谷子很高興，對孫賓大加讚賞。

龐涓來到魏國要面見魏王時，廚師正要把一道羊肉料理送進去給魏王。龐涓想起老師所說的「遇羊而榮」，心想來魏國求取功名大概沒問題了。果然，由於鬼谷子在各國名號響亮，龐涓又是他的高徒，魏王十

分看重龐涓，任命他為元帥，並且擔任魏國的軍師。而龐涓也沒有辜負魏王的期望，馬上在幾場與附近小國的戰爭中獲得勝利，也成功阻擋了齊國的進攻，深獲魏王讚賞與信賴，於是龐涓漸漸開始驕傲了起來。

　　有一天，鬼谷子的好友墨翟來到鬼谷作客，與孫賓相談甚歡，對於孫賓的才學也相當賞識，所以他下山之後，便到魏國去對魏王說，孫武的孫子孫賓，已經熟讀孫子兵法，是位不可多得的人才，請魏王趕緊派人聘請孫賓來魏國。

　　魏王找了龐涓前來問話：「孫賓是你的同學，聽說他懂得孫子兵法，你為什麼不向寡人推薦他呢？」

　　「臣不是不知道孫賓的才能，可是，」龐涓解釋著，「孫賓是齊國人，我怕他不會對大王忠心，所以才沒有向大王推薦他。」

　　「這是什麼話？」魏王不高興的說：「哪裡有非得用本國人的道理？」

　　「請大王恕罪！」龐涓趕緊說：「我這就寫信為大王請孫賓來。」龐涓雖然這樣說，心裡卻想：「孫賓的才能在我之上，要是他來魏國，一定會搶我的鋒頭。但魏王都下令了，只能等孫賓來了再作打算。」

　　孫賓收到龐涓的來信，也動了下山的念頭，他開

東周列國志

心的將信拿給鬼谷子看。鬼谷子知道以龐涓的個性，絕對不會善待孫賓，但又不好阻止孫賓，於是也要孫賓去摘一朵花回來。孫賓回頭看見鬼谷子房內有一朵黃菊插在瓶中，便拿來給老師。鬼谷子看完後，孫賓又把黃菊插回瓶裡。

「嗯！」鬼谷子仔細一算，說：「這菊花有點受損，不過卻能經歷風霜，所以你會受到一點傷害，但不會丟掉性命。而且你又把花放回瓶中，可見你最後發展的地方還是在你的老家齊國。」

接著鬼谷子將孫賓名字的「賓」字改為「臏」，意思是指削掉膝蓋骨的一種刑罰。孫臏雖然感到奇怪，但卻不以為意。臨走之前，鬼谷子交給孫臏一個錦囊，說：「到了萬不得已的地步，才可以把錦囊打開。」孫臏謝過老師之後，便隨魏王派來的使者下山去了。

魏王知道孫臏賢能，本來想要封他為副軍師，和龐涓一樣掌管兵權。

龐涓心裡很不是滋味，便假惺惺的對魏王說：「論輩分，孫臏是臣的兄長，怎麼能讓兄長在弟弟的手下做事呢？

以臣之見，孫臏既然是外國人，不如依照往例，先讓他擔任客卿，等建立功勞之後，臣再將軍師的位子讓給孫臏。」說穿了，龐涓不過是不願意將兵權和孫臏分享而已。但魏王不了解龐涓的私心，覺得龐涓的話有道理，便授予孫臏客卿的官職，地位僅次於龐涓。

龐涓知道孫臏獨得孫子兵法，便想藉機從孫臏口中問出書中的內容。可是，一時之間很難問出什麼，又不能直接逼他將全本兵書默寫出來。於是，龐涓想出一個計策。

孫臏是齊國人，龐涓模仿孫臏的筆跡，寫了一封私通齊國的信，再呈給魏王看。魏王看了很生氣，下令將孫臏革職查辦。最後，孫臏被判了「臏刑」，將他的膝蓋骨削去，從此，孫臏不能走路，應驗了鬼谷子當初將「孫賓」改名為「孫臏」的預言。

孫臏不曉得這是龐涓的計謀，還天真的以為，如果不是龐涓出手相救，自己早就沒命了。為了報答龐涓的「救命之恩」，孫臏便答應要將孫子兵法抄寫一份給龐涓。龐涓派了一個僕人作為孫臏的書僮，並要書僮每天將孫臏寫好的竹簡交給他。

幾天之後，龐涓嫌孫臏的進度太慢，要書僮督促孫臏趕快完成。書僮好奇的問一位比較親近龐涓的侍

者，為什麼龐涓這麼急著想要孫臏將兵法寫出來。侍者偷偷告訴他：「其實，元帥和孫先生不合，之所以留著孫先生的性命，只不過是要讓他將兵書傳授給元帥，等書寫好，孫先生就沒命了。這是祕密喔！你千萬不能說出去。」

　　書僮非常同情孫臏的遭遇，還是將此事告訴了孫臏。孫臏驚訝的說：「沒想到龐涓是這樣的人！」但是轉念一想：「如果我現在不將兵書寫完，龐涓一定會立刻殺了我。」他想來想去，實在想不出脫身的辦法。

　　這時，他突然想起鬼谷子交給他的錦囊，孫臏取出錦囊一看，裡面只有一塊寫著「詐瘋魔」的小布。孫臏嘆了一口氣，喃喃自語：「唉！老師要我裝瘋賣傻啊！原來您早就料到有今天，所以才改了我的名字！」

　　這天傍晚，書僮將晚餐送給孫臏時，孫臏突然全身發抖，兩眼發直，大罵書僮說：「你竟敢拿毒藥害我！」書僮嚇得連聲否認，但孫臏卻像瘋了一樣，又是唱歌，又是跳舞，一會兒罵人，一會兒又傻笑。書僮不知所措，連忙向龐涓報告。

　　隔天龐涓來看孫臏，只見孫臏滿臉口水，對著龐涓大罵：「魏王要害我的性命，我有十萬天兵天將相助，誰能害我？」龐涓看見孫臏這個模樣，驚訝不已，猜

想他是瘋了。但是生性多疑的他，又怕這是孫臏的詭計，因此叫人將孫臏拖進豬圈，沒想到孫臏竟將豬糞當作食物，大口大口的吃著。

龐涓將一切看在眼裡，冷笑說：「孫臏啊孫臏！你現在對我已經構不成威脅了。」從此之後，龐涓便放任孫臏待在豬圈，也不派人嚴加看管。

過了一陣子，墨翟聽到孫臏的遭遇，心中覺得很虧欠，要是當初他沒有將孫臏推薦給魏王，孫臏也不會落得這樣的下場。於是，墨翟請求齊王救回孫臏。齊王說：「我國有這樣的賢臣，怎能讓他在魏國受苦？」於是齊王決定發兵把孫臏救回來。

大臣田忌趕緊阻止，說：「大王這樣大張旗鼓的去救孫臏，只會讓龐涓有藉口殺他，不如我們以送茶的名義，藉機進入魏國，然後再偷偷將孫臏帶回來。」

齊王覺得田忌說的有理，便派人趁著送茶葉給魏王的機會，將孫臏藏在茶箱內，偷偷帶回齊國，暫住在田忌家中。而龐涓發現孫臏不見了，只看到井邊散落著孫臏的衣服，心想孫臏大概是投井自殺了。早已不把孫臏當成威脅的龐涓，也就不再追究此事。

過了一段時間，魏王派龐涓出兵趙國。趙國敵不過魏軍，便向齊國求援。齊王命田忌為將軍，孫臏為

軍師，出兵救援趙國。孫臏說：「現在出兵去救趙國，可能有點來不及。不如請將軍放出消息，說您打算包圍魏國的襄陵城，龐涓知道了，必定會將軍隊調回，我們再趁此機會進攻。」

果然如孫臏所料，龐涓擔心襄陵城的安危，馬上帶著軍隊趕回來。疲憊的魏軍在回程途中碰上蓄勢待發的齊軍，立刻吃了敗仗。龐涓見到齊軍裡飄著孫臏的旗幟，才驚覺孫臏沒死，而且已經回到齊國了。兩軍交戰，龐涓知道魏軍不敵齊軍，只好下令退兵。

龐涓到魏國的第十二年，魏王命龐涓率軍攻打韓國，韓國抵擋不住魏軍的猛攻，便向齊國求援。這次，孫臏又以同樣的方式，進攻魏國的京城，龐涓再度帶著大軍回來救援，但當龐涓回到魏國的時候，齊軍卻莫名其妙的退兵了。

龐涓派出探子，探子回報說齊軍留下十萬座煮飯用的灶臺，但軍隊已經撤退。隔天，探子又回報說，灶臺只剩下五萬座。再隔天，竟只剩下三萬座了。龐涓大笑，說：「才不過三天，齊軍已經逃走了七成的兵力，看來不是我軍的對手了。」但龐涓哪裡知道，這是孫臏的「減灶誘敵」之計，利用灶臺數量的減少，

騙龐涓上當。龐涓為了追上孫臏的軍隊，只帶了兩萬
兵馬，日夜不停的追擊。

　　孫臏的探子回報，說龐涓率領的兩萬兵馬，已經
過了沙鹿山。孫臏估算龐涓的速度，大概傍晚的時候，
龐涓便會到達一個叫做馬陵道的地方。這馬陵道位在
山谷中間，四面都是茂密的叢林。孫臏在道路旁的樹
木中挑選了一棵最大的，命人將樹皮剝下，用黑炭在
白色的樹幹上寫下幾個字。之後，下令把其餘的樹木
砍倒，橫放在路上，阻礙龐涓前進，最後命令所有的
弓箭手，在馬陵道兩側埋伏，等到樹下出現火光的時
候，立刻射箭。

　　龐涓的大軍一路追趕，終於來到馬陵道，此時太
陽早已西斜，馬陵道兩側又是高聳的山壁，遮住了光
線，所以路上十分陰暗。不久，前去探查情況的軍官
回報說：「前面有樹木把路擋住了，大軍很難快速通過。
而且兩側山壁上樹木茂密，可能會有伏兵，請元帥繞
道而行，以策安全。」

　　「哈哈哈！笑話！」龐涓笑說：「我還以為孫臏是
什麼了不起的傢伙，現在看來也沒什麼好怕的。他擔
心我會追上他，設下這種路障，表示他已經沒有兵可
以用了。大家跟我來！」

龐涓與魏軍進入馬陵道，沒多久，就到寫了字的大樹前。龐涓隱約看到樹上有字，便要士兵點火。龐涓藉著火光，看到樹上寫著「龐涓死在此樹下」，一旁還有「軍師孫臏」幾個字，嚇得大喊：「我中計了！」還來不及下令撤退，埋伏的弓箭手看見火光，立刻拉弓放箭，幾萬枝箭紛紛落下，魏軍大亂，慘叫聲此起彼落。龐涓中了數十支箭，猛然想起鬼谷子所說的「遇馬則瘁」，原來指的就是自己將命喪馬陵道。他靠在樹幹上喘著氣說：「我恨……我當初……沒有殺了孫臏……現、現在……反而成就了……他的名、名聲！」龐涓恨恨的舉劍自盡，而失去主帥的魏軍被齊軍打得落花流水，死傷慘重。

十二年前，鬼谷子所說的一一應驗。原本感情融洽的兩個同學，卻因龐涓的忌妒心害慘了孫臏，也害死了自己。不過，鬼谷子的學生並不是每個都是勾心鬥角的人，也有相互幫助對方而成就大事業的。他們就是張儀和蘇秦。

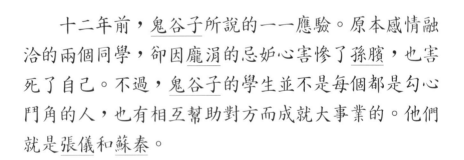

第八回

蘇秦合縱行走六國
舌燦蓮花張儀輔秦

　　張儀和蘇秦是鬼谷子門下很優秀的兩位學生。與孫臏、龐涓不同的是，孫臏與龐涓所學的以兵法為主，而張儀和蘇秦則是專攻縱橫之術，也就是國際外交。他們兩人已經向鬼谷子學習了很長一段時間。

　　就在龐涓與孫臏相繼下山之後，張儀和蘇秦兩個人來到鬼谷子的面前，對鬼谷子說：「老師，我們希望能像師兄他們一樣下山去，利用您教導我們的一切，到各國發揮所長，求取功名。」

　　鬼谷子回答說：「你們兩人是很優秀的學生，以你們的資質，如果繼續留在這裡，說不定有一天可以成為呼風喚雨的神仙，何必要到那個平凡無趣的世界裡，追尋不切實際的名利呢？」

　　兩人回答說：「老師您不是常常教我們：『如果是好的木材，就不會永遠生長於岩石之下，任它腐爛；如果是好的寶劍，也不會永久收藏在劍匣當中，讓它

生鏽。』若是不趁年輕的時候好好發揮長才，不知要等到什麼時候呢？」

「唉！」鬼谷子嘆了一口氣說：「好吧！就讓我來幫你們兩人各卜一個卦，看看你們未來的禍福吉凶吧！」鬼谷子掐指一算，對他們說：「蘇秦，你的運勢是先吉後凶，早早便能飛黃騰達；而張儀，你則是先凶後吉，比較晚才能有所發揮。我希望你們可以互相謙讓，互相幫忙，不要忘記了這麼多年的友誼。」兩人答應，拜別老師後，便下山往不同的方向去了。

蘇秦回到洛陽的家中，打算變賣家產作為旅費，去各國碰碰運氣。蘇秦的母親和妻子阻止他說：「你既不會耕種，又不懂生意買賣。現在你什麼都沒有，還想要把家產拿去賣掉，將來如果一事無成，後悔也來不及了！」

兩個弟弟也潑蘇秦冷水：「唉唷，哥哥既然學了這麼多的遊說之術，何不就近遊說周王，留在洛陽發展就好了，何必花錢到別的國家去呢？」

蘇秦的想法被全家人反對，只好去周王那裡試試。周王的大臣們看蘇秦是農家出身的人，因此瞧不起他，也不願意在周王面前推薦他。蘇秦氣得跑回家，不顧

東周列國志

家人的勸阻，變賣家產，到各國去尋找機會了。

此時，秦王剛即位，秦國正是新的局面，於是蘇秦便前往秦國。秦王雖然接見了蘇秦，但秦王因為與蘇秦這類專門遊說的說客有過節，所以不願重用他。蘇秦碰了一鼻子灰，只好將自己的理念，寫成數萬字的建議，獻給秦王。秦王只是隨便看看，並沒有要任用蘇秦的打算，加上秦國的丞相公孫衍嫉妒蘇秦的才華，百般阻撓，因此蘇秦無法在秦國謀得一官半職，只好硬著頭皮回家。

蘇秦的父母看他狼狽的樣子，氣得大罵他不成材。蘇秦的妻子當時正在織布，竟然連從織布機上走下來見他都不肯，嫂嫂更是連飯都不給他吃。蘇秦難過的說：「唉！我竟然潦倒到這個地步，妻子不當我是丈夫，嫂嫂不當我是小叔，父母不當我是兒子，這都是我自找的。」

他本想收拾行李離家出走，正巧翻出當初鬼谷子給他的一卷太公陰符，想起鬼谷子曾說，若是失意的話，可以讀這本書，以後一定會有幫助，於是蘇秦放棄離家的念頭，開始不分日夜的發憤讀書。

花了一年的時間，蘇秦終於能充分掌握書中的奧妙，可以用自己獨到的見解分析天下局勢，使他再度燃起到其它國家發展的打算。為了籌措旅費，蘇秦向兩個弟弟講解太公陰符的奧祕，兩個弟弟被蘇秦說服，便出資協助蘇秦。

蘇秦原本打算再到秦國去，但想到如果又再度失敗，怎麼有臉回家。於是，蘇秦放棄了助秦國統一天下的想法，改成以聯合其他諸侯，共同對抗秦國作為他的目標。決定之後，他便先前往趙國。

不過，趙國的相國奉陽君不肯為蘇秦引見趙侯，蘇秦只好再往東到燕國去。燕公早就聽聞蘇秦的名聲，高興的說：「寡人聽說先生之前曾經寫了十萬字的建議給秦王，老早想要拜讀了，但一直沒有機會。如今先生來到我國，真是燕國的福氣。」

蘇秦對燕公說：「您的領土不大、軍隊不多，但是在這個戰亂四起的時代，卻能夠不受戰火的波及，您知道這是什麼原因嗎？」

「寡人不懂，請先生賜教。」

「這是因為有趙國作為您的屏障，所以秦國才無法直接攻擊貴國。但您卻不與鄰近的趙國結盟，反而要割地給遠方的秦國，這樣的做法，實在不明智啊！」

「嗯，先生說的有理！那寡人該怎麼辦？」

「微臣建議不如和趙國結為同盟，再聯合其他國家共同抵擋秦國，才是長久之計。我願代替您去見趙侯，和他訂立彼此合作的「合縱之約」。」

燕公大表贊同，便派出車馬，送蘇秦到趙國。這個時候，奉陽君已經死了，因此蘇秦很快的就見到趙侯。

蘇秦對趙侯說：「以當今天下局勢，在秦國東邊最強的國家就是趙國了。趙國擁有兩千多里的土地、數十萬的士兵，加上千輛戰車、萬匹戰馬，而且物產豐富，所以秦國最擔心的就是趙國。可是強大的秦國遲遲沒有對趙國發動攻擊，正是因為對旁邊的韓國與魏國有所顧忌，害怕若是出兵趙國，韓國和魏國會趁機攻打秦國。因此，趙國得以平安的原因，其實是在於韓、魏兩國。

「可是，韓、魏兩國沒有高山大河作為屏障，要是秦國出兵攻打這兩國，很快便可以消滅他們。一旦韓、魏被滅，下一個就是趙國了。微臣看天下各國的土地加起來的面積超過秦國，各國的軍力加起來也大過秦國，若是能夠彼此合作，秦國便不是對手。依微臣之見，各國的君主應該互相簽訂盟約，要是秦國攻

打其中一國，其他的國家便立刻救援；如果有國家沒有遵照盟約，大家也可以一起攻打他。秦國雖然強大，但也不敢一次與這麼多國家為敵吧？」

　　趙侯覺得蘇秦說得有道理，任命蘇秦為趙國的相國，並授予他「縱約長」的頭銜，由他去向各國遊說，讓各國簽訂合縱之約。正當蘇秦準備要出發的時候，突然聽到秦國大敗魏軍，魏王已經割地求和的消息，不久又傳來秦軍打算繼續攻打趙國的軍報，令趙侯緊張不已。

　　蘇秦心想：「沒想到合縱之約還沒簽訂，魏國已經倒了。如果秦軍到了趙國，趙侯一定也是求和，這樣我的合縱之計就破局了。」但是蘇秦仍然假裝鎮定，對趙侯說：「放心！臣有辦法退秦國大軍。」

　　蘇秦回到家中，找來一個忠心的僕人畢成，對他說：「我有個同學叫做張儀，他是魏國人，當今天下，只有他有能力說服秦王退兵。你照我的指示行動，不得有誤。」畢成聽完蘇秦的吩咐，便往魏國去了。

張儀自從拜別鬼谷子之後，打算回魏國發展。但是，他長年在外求學，早已散盡了家產。窮困的他沒有辦法賄賂魏王身旁的人，所以一直沒有人引見，加上魏國在對外軍事上屢戰屢敗，張儀決定帶著家人投奔楚國。

楚國的相國昭陽見張儀頗有學識，便將他收為門客。後來，楚王派昭陽率兵攻打魏國大獲全勝，楚王很高興，為了犒賞昭陽，便將舉世聞名的「和氏璧」賞賜給他。

因為這塊和氏璧是無價之寶，所以，昭陽總是隨身攜帶，一刻也不讓和氏璧離開自己的視線。有一天，昭陽帶著門客在外遊玩，這些門客老早就聽說過和氏璧，所以都希望可以一睹它的真面目。昭陽也是一個喜歡炫耀的人，於是便從層層的盒子裡，小心翼翼的拿出和氏璧，再三囑咐後，才把和氏璧交給門客傳看。沒想到眾人一口氣全部圍了上來，每個人都想摸一下和氏璧，一陣混亂中，和氏璧竟然就這樣不見了。

昭陽生氣極了，下令徹查

門客，要找出偷走和氏璧的人。有門客說：「張儀家裡最窮，所以和氏璧一定是他偷的。」昭陽聽信了這些說詞，立刻下令把張儀抓起來，不分青紅皂白的打了一頓，要他交出和氏璧。但是張儀根本沒有偷，又怎麼拿得出來呢？昭陽見張儀已是遍體鱗傷，卻仍不肯招供，又找不到他偷走和氏璧的證據，只好放了他。

張儀回到家中，妻子一邊幫他上藥，一邊流著淚說：「唉！如果你當初聽我的話，留在家裡好好的種種田、做做買賣，不要去讀什麼書、遊說什麼君王，現在也就不會遭到這樣的災禍了，連我都得跟著你一起受苦。」

張儀氣若游絲的說：「我……我的舌……舌頭……還在嗎？」

張儀的妻子不禁笑出聲來：「都什麼時候了，還關心自己的舌頭？」

「舌頭……」張儀繼續吃力的說，「舌頭還在……就還有……還有本錢吶！」妻子無奈的搖搖頭，不再說話。張儀躺在床上對自己許諾，將來一定要讓昭陽為証賴他的事付出代價！

過了幾天，張儀的傷勢痊癒了，他想既然無法在楚國發展，不如先回到魏國，再作打算。此時，正是

秦國發兵攻魏，準備繼續攻打趙國的時候。

　　張儀回到魏國，聽說蘇秦在趙國當了相國，心想也許蘇秦會看在同學這麼多年的情分上，給自己一官半職。正當張儀盤算這件事的時候，門外突然停了一輛馬車。原來是一位自稱賈舍人的趙國商人來魏國做生意，因為馬累了，所以停下來休息。閒聊之中，張儀將自己過去與蘇秦是同學的事情，告訴賈舍人。賈舍人提議要帶張儀一同回趙國，張儀立刻向賈舍人道謝，於是兩人便往趙國去了。

　　到了趙國，賈舍人以有事要辦為理由，請張儀自己找家旅店住下來，並約定過幾天之後再來拜訪。第二天，張儀託人向蘇秦傳話，希望可以見他一面。

　　但是，張儀沒有想到，蘇秦卻老是說國事繁忙沒有空，等了好幾天，蘇秦終於願意見他。張儀興高采烈的來到相府，沒想到前來帶領他的僕人不僅態度差，還要張儀走小門，免得丟了蘇秦的臉。張儀忍下怒氣，進門後原本想直接去見蘇秦，卻被守衛擋下，說：「相國還在辦公，你不能進去，在這等著！」張儀只好站在大廳外等候，一直等到接近中午，蘇秦

東周列國志

才下令接見張儀。張儀趕緊整理儀容，進入大廳。

一見到張儀，蘇秦連站都沒有站起來，只是冷淡的說：「老同學，最近過得好嗎？」

張儀心想：「我要是過得好還會來找你嗎？」僕人的羞辱和蘇秦的冷漠，讓張儀氣得不肯回答。

到了用餐時間，蘇秦叫人搬了餐桌來，讓張儀坐在下位，自己則坐在上位，擺明了瞧不起張儀；蘇秦面前擺了滿桌的山珍海味，但張儀桌上只有很差的飯菜而已。

張儀本來不願接受這樣的侮辱，但是因為肚子實在太餓，又想到已經欠了旅店不少住宿費，自己有求於蘇秦，不得已只好勉強將飯菜吃了下去。不過更令張儀生氣的，是蘇秦還將自己的食物分給左右的僕人，完全忽視他的存在。張儀終於忍受不了，指著蘇秦大罵說：「蘇秦！老師曾說，要我們互相照應，不要忘了同學的友誼。現在你飛黃騰達，不但不念舊情，竟然還這樣羞辱我！」

蘇秦搖著頭說：「唉，我本來以為你早該有所作為

了，沒想到竟是這麼窮困潦倒。如果我把你推薦給趙侯，到時候你又沒有什麼作為，豈不是會連累到我嗎？」

張儀氣憤的說：「我身為一個大丈夫，哪裡需要你來推薦？」

「既然你不需要我推薦，那又為何要來見我？」蘇秦繼續說，「念在我們是同學的分上，我把上朝時拿的金笏送給你，當作你的路費，你自己看著辦吧！」隨即命令僕人拿了一個金笏給張儀。

「誰要你的東西！」張儀將金笏丟在地上，掉頭就走。

張儀回到旅店，店主人知道他去見蘇秦，以為張儀有錢了，開口請張儀先結清這幾天的住宿費，但張儀早就花光了旅費，哪裡有辦法結帳，店主人正要破口大罵，賈舍人突然出現了。他聽了張儀的遭遇，便對張儀說：「當初是我慫恿您來趙國的，現在您遭遇這樣的事情，都是我害的。讓我幫您償還積欠旅店的費用，送您回魏國去，以表示我的歉意。」

張儀嘆了口氣說：「唉！我現在也沒有臉回魏國了。如果可以的話，我倒是很想去秦國發展，只是沒有足夠的旅費。趙國就在秦國旁邊，如果我在秦國當了大官，就可以派兵攻打趙國，以報蘇秦羞辱我的仇！」

「既然這樣，」賈舍人說，「正好，我要去秦國探親，不如我們就結伴同去吧！」

張儀聽到賈舍人這樣說，不由得嘆了口氣：「唉！一個素昧平生的商人，願意這樣幫助我；同窗多年的同學，竟然如此對待我。」之後張儀與賈舍人結拜為兄弟，一同前往秦國。

一路上，賈舍人不但花錢幫張儀訂做衣服，還把他介紹給秦國的大臣，希望很快就可以讓張儀被秦王召見。沒多久，張儀就見到了秦王。秦王聽了張儀對天下局勢的分析，覺得很有道理，便封張儀為客卿。正當張儀高興的要去告訴賈舍人這個好消息時，沒想到賈舍人竟然說自己要回去趙國了。

張儀訝異的說：「當我困難的時候，是靠大哥您的力量才有今天的成就，現在正是我報答大哥的時候，為何您要離我而去呢？」

賈舍人笑著說：「實不相瞞，您真正要感謝的人不是我，應該是蘇相國。」原來，賈舍人不是別人，正是蘇秦的心腹畢成。畢成將事情的前因後果對張儀說

了一遍，張儀才恍然大悟，原來整件事情都在蘇秦的掌握之中。

　　張儀感嘆的對畢成說：「我的計謀遠遠落在蘇秦之後啊！感謝大哥一路幫助，請您轉告蘇秦，只要他在趙國一天，我絕對不會說出『攻打趙國』這幾個字，以報答蘇秦對我的恩惠。」

　　聽完畢成的回報，蘇秦便對趙侯說：「放心吧！秦國必定不會出兵趙國。」於是，蘇秦帶著趙侯的命令，前往韓、魏、齊、楚等國，對各國的國君遊說合縱之計。各國國君正苦於秦國的軍事壓力，不知該如何是好，如今蘇秦提出合縱的想法，正好符合他們的期望，因此紛紛同意簽訂合縱之約。

　　蘇秦打算將此行的成果回報趙侯，各國的國君紛紛派出使者護送蘇秦，一路上浩浩蕩蕩，陣仗有如國君一般。途中經過蘇秦的老家洛陽時，蘇秦的妻子、嫂嫂和兩位弟弟跪在地上不敢抬頭，但蘇秦反倒是不計前嫌的原諒了他們。

　　到了約定的時候，齊、楚、魏、韓、燕、趙六國的國君在洹水相會，結為同盟，共同稱王。同時，為

了讓蘇秦更方便推行他的合縱理念，六國同意讓蘇秦以「縱約長」的身分，兼任六國的相國，往來於六國之間。

見到六國相互結盟，秦王相當緊張，相國公孫衍認為，趙國是合縱的發起者，應該先打趙國，瓦解合縱的盟約。張儀為了報答蘇秦的恩惠，便對秦王說：「微臣以為，六國才剛剛締結盟約，現在不是用軍事威嚇的方法就可以分裂他們的。如果秦國攻打趙國，其他五國一定會派出戰力最強的部隊來救援，到時候秦軍一定無法一次對付這些軍隊。微臣建議，現在魏王和燕王才剛死沒多久，新王的權力還沒有穩固，不如先對其他各國放出消息，說我們已經拿了大筆的金錢和土地去賄賂魏王放棄合縱，各國一定會懷疑魏國的忠誠；如果我們再和燕國結為親家，就能破壞整個合縱同盟。」

秦王接受了張儀的建議，收回攻打趙國的命令，先派出使者到魏國，承諾要將先前從魏國占領的土地，歸還魏國；魏王為了表達謝意，表示願意與秦國結為親家。

秦魏聯姻就等於是讓合縱政策破了局，趙王把蘇秦臭罵了一頓：「之前你不是跟寡人保證，合縱政策是

萬無一失的妙計嗎？才過沒幾天，魏國就倒向秦國了！你到底在搞什麼東西？」

蘇秦為了保住自己的性命，便對趙王說自己願意先出使齊、燕兩國，鞏固合縱政策。到了齊、燕，兩國的國君紛紛給他重要的官位。最後，蘇秦就待在齊國，不回趙國了。

張儀聽到蘇秦離開趙國的消息，知道合縱破局已是指日可待了，便要秦王反悔之前答應歸還魏國土地的約定，並且派兵攻打魏國，於是秦軍一舉攻下魏國的蒲陽。

正當魏國還在兵荒馬亂的時候，張儀突然來見魏王，表示願意將蒲陽還給魏國，而且還要讓秦國的公子繇到魏國當人質，以作為秦魏兩國友好的象徵。

魏王對秦王的「好意」相當感動，張儀順勢說：「秦王對魏國如此有禮，大王也該有所回報。秦國地處偏遠，如果能獲得魏國的土地，一定可以增加秦國的國力。等秦國強大了以後，再聯合魏國的大軍一起攻打其他諸侯，到時候您所能獲得的土地，一定遠遠

大過現在割讓給秦國的土地。對大王而言，只有好處沒有壞處啊！」

　　魏王被張儀這一番話搞得糊塗了，也忘了蒲陽原本就是魏國的領土，不但將少梁這一大片土地送給秦國，還將來魏國當人質的公子繇送回秦國，表示對秦國的信任。

　　秦王看到張儀不費吹灰之力就得到大片的土地，因此開除了公孫衍，任命張儀為秦國的相國。

　　張儀被封為相國的那一天，寫了一封信給過去因遺失和氏璧而鞭打自己的昭陽。信裡寫著：

　　　　之前，我在你的門下當門客，我沒有偷你的和氏璧，你反而無故鞭打、羞辱我。現在我警告你，你最好是好好的守護你的城池，否則哪天你一不留神，我就把楚國給偷了！

楚王知道後，責怪昭陽當初沒有把張儀這麼優秀的人才留在楚國。昭陽非常害怕，回家後生了一場大病，沒多久就死了。張儀總算是報了當初被誣賴的仇。

從張儀赴秦國發展，到他當上相國，不過短短一年的時間而已。張儀認為，唯有切斷各國之間的合作，讓各國與秦國建立關係，才能使秦國更加壯大。於是，他在取得魏國的土地之後，為了取信於魏王，便大方的把之前秦國從魏國手中取得的焦和曲沃還給魏國，但過沒幾年，張儀又派兵攻打魏國，奪取了占地更大的陝城一帶。從此以後，秦國占有了廣大的土地及有利的戰略位置，秦國的勢力也就銳不可當了。

　　在這樣的壓力下，各國彼此猜忌，蘇秦的合縱政策已經完全失敗，最後蘇秦甚至因為受到齊王的猜疑，被刺客暗殺。張儀得知蘇秦遇刺身亡的消息，不禁感嘆的說：「蘇秦啊蘇秦，當初要是沒有你的深謀遠慮，我可能一輩子也無法當上秦國的相國。你在趙國叱吒風雲這麼多年，要不是你最後選擇遊走在燕齊之間，受人猜忌，就不會落得今天這個下場了。當初老師為我們占卜吉凶，說你是先吉後凶，現在真的應驗了！如今你已經不在人世，是我好好運用我的口才，大有作為的時候了！」

　　在張儀的謀劃下，短短幾年，秦國一一破壞了

東周列國志

各國之間的信任，各國為了自保，只好對秦國言聽計從。直到張儀過世的時後，已經沒有任何一個國家可以對抗秦國了。

　　話雖如此，趙國卻還是出現了一個敢單獨面對如猛虎般的秦國，甚至當著眾人的面指責秦王，讓秦王無言以對的人，這個人就是藺相如。

第九回　相如使秦完璧歸趙
老粗廉頗負荊請罪

　　秦國成為最強大的國家之後，各國害怕秦國的軍力，沒有國家敢與秦國作對，特別是秦國旁邊的趙國。趙王日夜都在擔心，秦國哪天不高興，可能就會出兵把趙國給滅了。

　　趙王有一個寵愛的侍者叫做繆賢，由於得到趙王的信任，所以常常干預政事。有一天，有一個人向繆賢兜售一塊白璧。繆賢看這塊白璧很漂亮，出了五百金買下，拿給一個雕玉的師傅看。師傅一看這白璧，嚇得說不出話來。繆賢覺得奇怪，問：「難不成這是假的？」

　　「這……這……這就是和氏璧啊！當初楚相國昭陽弄丟了這塊和氏璧，怪罪張儀，差點要了張儀的小命。後來這塊白璧再也沒有出現過，這可是無價之寶！如今落在大人的手裡，您千萬不要再拿給別人看了。」

　　繆賢好奇的說：「那你倒說說看，和氏璧到底有什

麼神奇的地方，能夠被稱為無價之寶呢？」

「大人有所不知，這塊白璧不但在黑暗中能夠發光，在寒冷的冬天裡還可以當作取暖的工具；到了夏天，它卻又變得比冰塊還要寒冷。相傳在楚國有一個雕玉師傅叫卞和，在荊山挖到了一塊未經雕琢的玉石，他認定這塊玉石必定為稀世寶玉，便將它獻給楚王。但楚王的玉匠看不出玉石的價值，認為只是顆普通的石頭。楚王以為卞和在戲弄他，因而砍了卞和的左腳。下一任楚王即位，卞和又獻上這塊玉石，但仍舊沒有人看出它的價值，因此卞和又被砍了右腳。直到楚文王即位，派人剖開玉石，得到這塊完美無瑕的寶玉，才知道卞和受了委屈。為了紀念卞和，楚文王便將它命名為『和氏璧』。」

「原來還有這麼一段故事啊！」繆賢邊說邊試，果然真的如師傅所講的，有著奇妙的功能。於是他叫人造了個極為安全的藏寶箱，將和氏璧收藏起來。

儘管繆賢再怎麼保密，消息還是傳到了趙王耳裡。趙王聽說繆賢得到了和氏璧，便要他獻出來。但繆賢捨不得，因此一再推託。趙王很生氣，趁繆賢去打獵的時候，派人到繆賢家中翻箱倒櫃，硬把和氏璧給拿走了。

繆賢回到家中，知道大事不妙，立刻想要逃走。突然身後有個聲音問：「大人能逃去哪兒呢？」

　　繆賢回頭一看，原來是他的門客藺相如。繆賢回答：「我可以逃到燕國去，燕王之前和大王會面的時候，曾經握著我的手說要和我結交。我想他一定會收留我的。」

　　「這您就錯了！」藺相如說：「趙國強，燕國弱，而您又是趙王寵愛的臣子，所以燕王才會想要和您結交。如今大人得罪趙王，逃到燕國去。燕王一定會為了討趙王歡心，把您抓來向趙王邀功的。因此您若去燕國，就是死路一條！」

　　「那我該怎麼辦呢？」繆賢緊張的說。

　　「大人沒犯什麼嚴重的罪，只是沒有早早將和氏璧獻給趙王。您若脫去上衣，背著斧頭向趙王請罪，趙王一定會原諒大人的。」

　　繆賢照著藺相如的建議做了，趙王果然沒有殺他。繆賢感激趙王之餘，卻看到趙王愁眉苦臉的樣子，便問趙王說：「什麼事情讓您心煩呢？」

　　「唉！」趙王長長的嘆了口氣，說：「秦王從

東周列國志

你那個玉師傅口中聽到和氏璧在趙國，說要拿十五座城池來換和氏璧。可是秦王從來就沒有守過信用，即使寡人獻上了和氏璧，也得不到半座城池；可是若不拿去，一定會得罪秦王，未來的日子就難過了。」

趙王繼續說：「大臣李克建議寡人找一個智勇兼備的人，讓他帶著和氏璧去秦國，若十五座城池真的到手，再把和氏璧給秦王，否則就把和氏璧平平安安的帶回來。可是，看看那些大臣，即使是勇猛的大將軍廉頗都不肯做這件事，所以寡人正在煩惱呢！」

「大王要是需要智勇兼備的人……」繆賢說，「微臣倒是可以推薦一個人。」繆賢把藺相如介紹給趙王，並把當初藺相如如何指點他，讓他逃過一劫的過程一併說了。趙王很高興，立刻召見了藺相如。

趙王問藺相如：「秦王想要用十五座城池來換和氏璧，你覺得可以答應嗎？」

藺相如說：「秦強趙弱，當然不能不答應。十五座城池是很優渥的條件，如果趙國不答應，是趙國理虧；若趙國先將和氏璧送去給秦國，這是禮貌的表現，假使秦國反悔了，那就是秦國的不對了。」

「寡人了解你的意思，但是寡人想要找一個智勇雙全的人為寡人保護和氏璧。不知道你可不可以擔當

這個重任呢？」

「草民願意帶著和氏璧前往秦國。如果秦王願意割地，那和氏璧就給秦王；如果秦王不願意割地，我會帶著完好如初的和氏璧回來趙國。」

趙王聽了很高興，便命藺相如為使者，由他帶著和氏璧往秦國去了。

秦王聽說趙國送來和氏璧，立刻召見藺相如。藺相如捧著和氏璧，交給秦王。秦王看著和氏璧，讚嘆不已，把玩了許久，還傳給左右群臣看。之後，又拿給自己的嬪妃看。藺相如見秦王似乎沒有想談割讓城池的事情，便對秦王說：「啟稟大王，和氏璧上其實有一點瑕疵，請讓臣為大王指出來。」秦王不疑有他，將和氏璧交給藺相如。

藺相如一拿到和氏璧，立刻快步走到大殿的柱子旁，瞪大雙眼，說：「和氏璧是天下至寶，只憑大王一句話，趙王就齋戒五日，才命臣送來和氏璧，可見趙王對此事的重視。但大王不但態度輕浮，還將和氏璧拿給後宮女子傳看，一點都不尊重這塊和氏璧，也沒有打算割讓城池，所以我要把這塊璧收回。要是大王把我逼急了，我的頭就和和氏璧一起撞碎，讓誰也得不到它！」

「千萬別這麼做啊！」秦王急得不知如何是好，立刻叫大臣把地圖送來，隨隨便便在上面畫了幾個圈圈，表示要割讓給趙國。藺相如看秦王根本沒有割地的誠意，便對秦王說：「大王也該齋戒五日，然後在正殿召集群臣，以隆重的儀式來接受和氏璧。」

「好、好、好！你快把手放下來，寡人都聽你的。」秦王實在太喜歡和氏璧了，急得什麼都答應。

當天夜裡，藺相如便派人把和氏璧神不知鬼不覺的送回趙國。

為了得到和氏璧，秦王真的齋戒了五天，並召集大臣和各國使節一同在正殿上等候藺相如。結果，藺相如竟兩手空空的走進正殿。秦王訝異的問：「和氏璧呢？寡人已經齋戒五天，就等著接受這塊璧，你怎麼空手而來呢？」

藺相如不慌不忙的說：「貴國自秦穆公以來，歷經二十位君王，沒有一個講信用的。為了避免這次又被大王所騙，所以我已經將和氏璧送回趙國去了。」

「你說什麼？你敢騙寡人？拿下他！」秦王氣炸了，立刻要屬下把藺相如五花大綁，準備殺了他。

藺相如鎮定的說：「大王請息怒。以今日的局勢，貴國強，趙國弱，只有秦國虧負趙國，趙國絕對不敢

戲弄秦國。大王若真想要和氏璧，就先把說好的十五座城池割給趙國，到時候趙國也不敢不把和氏璧雙手奉上。微臣欺騙大王，罪該萬死，在來見您之前，早已有必死的打算，您不妨就殺了我，讓天下諸侯知道，堂堂一個秦王，為了一塊和氏璧殺了趙國的使者吧！」藺相如說得振振有詞，秦王和大臣們你看我我看你，竟然說不出一句話來反駁。

　　各國的使節在一旁，都為藺相如捏把冷汗，現在就看秦王怎麼說了。

　　過了很久，秦王終於說：「算了，殺了你也得不到和氏璧，反而讓諸侯取笑寡人，也破壞了秦趙兩國的關係。」於是秦王以大禮招待藺相如，並派兵馬送他回趙國。

　　藺相如成功的把和氏璧完好如初的帶回趙國，趙王很高興，立刻封他為上大夫。後來，秦王並不打算割地，趙國自然也就沒有把和氏璧送去秦國了。但是，秦王並沒有因此消氣，派了使者來邀趙王到澠池見面，表面上說是要召開一個兩國友好的會議，實際上是打算報趙王和藺相如讓他在眾人面

前丟臉的一箭之仇。

「怎麼辦？」趙王找了藺相如來商量，「當初楚懷王也是答應要和秦王會面，結果一去就被關起來，再也沒有回到楚國。現在又要找寡人會面，這該怎麼辦才好？」

藺相如與廉頗商量之後，決定由藺相如陪趙王前往澠池，廉頗和太子留守趙國。趙王高興的說：「愛卿能把和氏璧完整的送回來，寡人也一定可以平安回趙國的。」

廉頗有些不放心的對趙王說：「大王這次前往秦國，雖然有五千精兵跟隨，後面還有大軍隨時待命，但秦國是狼虎之國，不知道大王是否能夠平安回來。微臣與大王約定，若是您超過三十日沒有消息，請您答應微臣照著楚國之前的模式，立太子為王。這樣，秦國就不能把您當作威脅趙國的人質了。」趙王答應了廉頗的要求，與藺相如一同出發。

到了約定的日期，兩王以禮相見，互相敬酒。敬完酒之後，秦王對趙王說：「寡人聽說您很愛音樂，剛好手邊有一把寶瑟，請趙王露兩手吧！」趙王不敢推辭，只好彈了一首湘靈曲。彈完之後，秦王稱讚不已，召來身旁的史官，要他們把這件事情好好記錄下來。

於是，史官在竹簡上寫下：「秦王和趙王在澠池相會，秦王命令趙王彈瑟。」

蘭相如知道秦王分明是藉由這個小動作來羞辱趙王，把趙王比喻成樂手，因此對秦王說：「趙王聽說秦王也對音樂小有研究，光讓趙王彈瑟太單調了，微臣這裡有個鼓，請大王敲敲，一起熱鬧熱鬧！」

蘭相如取了鼓，跪在秦王面前，請秦王敲。秦王氣得不說話，怎麼也不肯敲鼓。蘭相如說：「大王是看秦國強大，趙國弱小，所以不肯答應嗎？如果您不答應，相如立刻就在您的面前自刎，讓天下諸侯都嘲笑您為了一個小鼓，逼死一個使者！」

秦王的大臣大罵：「你這個無禮的傢伙！」打算上前抓住蘭相如。但蘭相如瞪了他們一眼，眾人竟然被蘭相如的眼神嚇得不敢動彈。秦王雖然不願意，但是怕蘭相如又做出什麼出人意料之外的事情，於是隨手敲了一下鼓。蘭相如站了起來，要趙國的史官寫下：「趙王和秦王在澠池相會，趙王命令秦王擊鼓。」

秦國大臣看到這件事，心中不平，便上前對趙王說：「今天趙王難得來到秦國，不如就割讓十五座城池

替秦王祝壽吧！」

藺相如聽完，也同樣對秦王說：「禮尚往來是天經地義的事，既然趙國要割十五座城池為大王祝壽，大王不妨就把京城也當作趙王生日的賀禮，送給趙國吧！」

兩邊的大臣劍拔弩張，秦王看占不到便宜，只好出來打圓場說：「唉呀！寡人跟趙王開心的喝酒，你們沒事在這邊起什麼鬨？通通退下！」說完，便舉起酒杯，假裝很熱情的向趙王敬酒，草草結束了兩國的會面。

秦王回到宮中，大臣建議秦王把趙王和藺相如關起來，可是，秦王顧忌趙王所帶來的護衛精兵，怕萬一連在秦國境內都抓不到趙王，豈不是讓天下看笑話？所以他打算對趙國好一點，甚至要把太子送到趙國去當人質，好安趙國的心，這樣秦王就可以先全心全意的對付其他的國家了。

在藺相如的機智下，趙王平安的回到趙國，既沒有失去趙國任何一點尊嚴，也沒有丟掉趙國任何一塊領土。趙王很高興，加封藺相如為上相，地位比廉頗還高。這卻讓戰功顯赫的廉頗生氣了。

廉頗對其他大臣說：「我廉頗是用血汗戰功才爬到

今天這個位子的，現在藺相如不過耍耍嘴皮子，就擁有比我高的地位。再說，這傢伙不過是侍者的門客，出身這麼卑微，我怎麼能容忍被他踩在腳底下？我一定要想辦法給他好看！」

藺相如從他人口中聽說了廉頗的話，便常常藉故不與廉頗碰面。藺相如的許多門客，認為他太過膽小，都對他很不以為然。

有一天藺相如外出，遠遠望見廉頗的車隊，趕緊命人把車駛到偏僻的小巷子裡，等廉頗車隊離開之後才出來。他的門客看不下去，便對藺相如說：「我們離開故鄉，拋下親人，來到您的門下，是因為仰慕您是位了不起的大丈夫。但現在您僅僅因為廉頗說了那些話，就不敢和他見面，到處躲著他，我們不願意跟隨這麼膽小的人，請允許我們離開吧！」

藺相如嘆了口氣說：「你們覺得，廉頗和秦王哪一個比較凶惡呢？」

「當然是秦王囉！」門客毫不猶豫的說。

「既是這樣，你們想：秦王如此凶惡，我都敢當著秦國大臣的面指責他，我難道會怕廉頗嗎？秦國現在還有所顧忌而不攻打我國，是因為有廉將軍和我在這裡的緣故，如果我和廉將軍撕破臉，秦國一定會趁

此機會來攻打我們的。我之所以到處避著他，是以國家為重，個人的面子，我根本不在意。」

眾人聽到藺相如的話，不由得對他更為敬重。而藺相如的這番話，也傳到了廉頗的耳中。廉頗感到非常慚愧，立刻脫去上衣，背著兩條荊棘，跑到相府前，跪在門前大喊：「我是大老粗廉頗！因為我的氣量狹小，不知道相國竟然心胸如此寬大，讓我感到非常羞愧，特地來跟您請罪了！」

藺相如趕緊出了大門，扶起廉頗說：「廉將軍何必如此？我們都是為了大王而努力，為了趙國的百姓盡力而已。如今能得到將軍的體諒，就已經夠了。」兩人感動得相互握手，結為生死之交。藺相如與廉頗的合作無間，讓秦國有所顧忌，不敢對趙國動任何的歪腦筋。

可惜，藺相如後來生病過世，廉頗也因為受到小人的陷害，最後死在楚國。趙國失去藺相如和廉頗這兩位中流砥柱，秦國自然也就沒有了顧慮。很快的，秦國發兵東進，先滅了較小的韓國，接下來趙國也被打敗，少了韓、趙兩國的屏障，燕國危在旦夕，於是燕國的太子丹便想出派刺客刺殺秦王的計謀。

第十回

易水悲歌荊軻刺秦
秦滅六國天下統一

　　秦國自從擴張了廣大的國土，國勢一日比一日強盛。傳位至秦王嬴政的時候，更積極的向六國征伐，打算建立一個統一的大帝國。

　　在秦王嬴政即位的第十五年，原本在秦國當人質的燕國太子丹，見秦國發動大軍攻打趙國，害怕下一個就輪到燕國了。這場仗要是真的打起來，身為人質的他隨時都可能有殺身之禍。於是他私下託人轉告燕王，希望燕王可以要求秦王把他放回燕國。不久之後，燕王派使者前來，但是秦王卻說：「燕王不是還活得好好的嗎？燕王不死，太子丹就不能回去，這是當初說好的條件，怎麼能隨便反悔？除非烏鴉的頭都白了，馬兒頭上長了角，太子丹才可以提早回去。」

　　太子丹急得不知如何是好，仰天大叫，只見一道怨氣沖天，連上天也被感動了，竟然讓秦國的烏鴉真的白了頭。不過，秦王還是不肯放太子丹回去。太子

丹只好毀掉自己的容貌，又換了僕人的衣服，才逃過秦軍的層層關卡，回到了燕國。

太子丹為了阻止秦王的進攻，想盡辦法要派人前往秦國暗殺秦王，他散盡家財，招集許多的勇士，準備找機會殺了秦王。

有一天，太子丹門前來了一個叫做樊於期的傢伙。這人一身破破爛爛的，好像從山裡面跑出來的野人一樣。但太子丹一聽是樊於期，立刻決定要接見他。

「這野人有什麼好見的呢？」僕人不解的問。

「你難道不知道樊於期是秦國的將軍嗎？樊將軍可是秦國唯一敢把嬴政不是老秦王的親生子這件事公開說出來的人啊！為了反抗嬴政，樊將軍還勇於率軍對抗秦國大將軍王翦，最後因為兵敗才逃來燕國的。我曾四處查訪樊將軍的下落，現在終於找到他了！」

太子丹接見樊於期，並把他當作貴客。太子丹的老師鞠武不放心的說：「秦國準備併吞各國，正巴不得找機會來攻打我國，現在樊於期被您這樣禮遇，不是正好給了秦國藉口嗎？您應該速速把樊於期送到遠方，讓秦國沒有理由來攻打燕國。等燕國暫時安全了，再和各國聯合，這樣或許還能抵擋秦國的攻勢。」

「老師的辦法太不切實際了！」太子丹不以為然

的說：「秦國要滅燕國，不過是幾天的功夫，我哪有時間去聯絡各國呢？何況，樊將軍來投靠我，我怎能不顧他的安危，把他送走呢？老師還不如幫我介紹一些有勇有謀的朋友保護燕國，讓秦國不敢侵略我們。」

「這樣的話，微臣就介紹一位叫做田光的人給您，這人交友廣闊，一定能為您找到合適的人選的。」

太子丹立刻召見了田光，原本以為田光應該是英勇健壯的年輕人，沒想到竟是一個頭髮斑白的老頭子。但太子丹還是很恭敬的對田光說出他的想法。田光受到太子丹如此對待，受寵若驚，對太子丹說：「太子不以臣年老而瞧不起我，令我十分感動。若是數十年前的我，一定能為太子做些什麼，可惜現在我已經老得什麼都不能做了。請太子恕罪。」

「您客氣了，雖然您年紀老邁，但是人生經驗豐富，見過的人也多，可否從我的門客中挑選可以為我做大事的人？」

「依微臣所見，您的門客當中，大多是有勇無謀的人，恐怕都難以擔負重大責任。不過，我倒是認識一個叫荊軻的人，此人武藝高強，絕對可以為您刺殺秦王的。」

太子丹高興的說：「還請您幫忙引見！」於是，田

光將荊軻介紹給太子丹。太子丹將荊軻當作貴客一樣招待，為了表示對荊軻的重視，太子丹對荊軻的照顧可以說是無微不至，不但為荊軻蓋了一幢豪宅，命名為荊館，還天天到荊館向荊軻問安。知道荊軻愛喝酒，太子丹便每天都命人帶好酒好菜讓荊軻享用。

有一次荊軻和太子丹在花園裡賞花，荊軻看到水池邊有一隻大烏龜正在曬太陽，荊軻揀了幾片瓦片要丟那隻大烏龜。太子丹卻說：「荊兄，用這個比較好丟。」荊軻低頭一看，太子丹竟拿著用金子做成的珠子要讓荊軻去作弄那隻大烏龜。

又有一天，太子丹請荊軻試騎自己的千里馬。荊軻無意間說了一句：「聽說馬的肝臟是人間美味。」過了一會兒，廚子就端上了一盤馬肝料理，荊軻一問之下，才知道竟然是用那匹千里馬的肝做成的。太子丹毫無保留的款待荊軻，可是，荊軻卻似乎一點也沒有要去刺殺秦王的樣子。

沒多久，前方傳來消息，說秦王派出王翦，準備發兵燕國。太子丹聽了非常害怕，便問荊軻有沒有什麼好辦法。荊軻對太子丹說：「微臣所等的時機已到，但是，還缺兩樣東西，才有辦法讓我接近秦王。只怕這兩件東西，太子不願意給。」

「喔？是哪兩樣東西，你倒是說說看。」

「我聽說，秦王想要得到燕國肥沃的督亢這塊土地很久了，若燕國對秦王說，要將督亢送給秦王，這樣我就可以以使者的身分送督亢的地圖給秦王，到時候也就有機會接近他了。但是，這還不夠，還需要另一個令秦王更感興趣的東西。」

「喔？那是什麼？」太子丹好奇的問。

「就是樊於期將軍的頭！」荊軻回答說。

「你說什麼？」太子丹嚇了一跳，以為自己聽錯了。「樊將軍來投奔我，我怎能這樣對他呢？割讓督亢我可以接受，但是要殺樊將軍，我絕對不答應。」

荊軻知道太子丹絕對不會答應殺樊於期，便私下求見樊於期。荊軻說：「將軍得罪了秦王，逃到燕國來，但您全家遭到滿門抄斬的命運，您打算要怎麼向秦王報這個仇呢？」

樊於期想起他的家人，不禁流著淚說：「我恨不得和嬴政這傢伙同歸於盡，可是我想了很久，都找不到方法。」

荊軻說：「晚輩有一個方法，但……」

樊於期說：「荊兄直說無妨，只要能夠殺掉嬴政，我一定全力協助。」

東周列國志

「這個方法就是……」荊軻停了一會兒才說,「我需要樊將軍的頭,藉此來晉見秦王,然後趁機殺了他。」

「原來有這個好方法,只要能報仇,我的頭您就拿去吧!」樊於期當下便舉刀自刎。荊軻將樊於期的頭砍下,裝在盒子裡,並派人轉告太子丹,說已經拿到樊將軍的頭了。太子丹趕到,趴在樊於期的屍體上痛哭許久,才叫人將他好好安葬。

荊軻請太子丹寫一封信,表示願意將樊於期的頭和督亢一同送給秦國;並且,花了許多的金銀,賄賂了秦王身旁的寵臣蒙嘉,讓假扮成使者的荊軻可以早日見到秦王。荊軻準備了一把塗上毒藥的匕首,只要是被這匕首劃傷,那怕只是一個小小傷口,都會馬上毒發身亡。

荊軻又從太子丹的門客裡,挑了一個最魁梧的傢伙,叫做秦舞陽,打算到時候由秦舞陽抓住秦王,荊軻再以匕首脅迫秦王,要他把從各國那邊取得的土地,一併歸還。

到了要出發的那一天,荊軻來到易水邊,太子丹為荊軻送行,荊軻的好友高漸離則為荊軻彈琴。河水上的風呼呼的吹,冷得讓人直打哆嗦。荊軻知

道此去秦國，就算是殺了秦王，也無法活著回到燕國，有感而發，便唱著：

風蕭蕭兮，易水寒；壯士一去兮，不復還。

眾人聽到荊軻悲戚的歌聲，忍不住流下淚來。荊軻帶著秦舞陽，視死如歸的往秦國去了。

兩人到了秦國，蒙嘉對秦王說：「燕王害怕大王的軍威，願將督亢這塊肥美之地，獻給大王。又怕您嫌督亢太不起眼，所以殺了樊於期，將他的頭和督亢的地圖一同送來。現在使者荊軻已到國內，大王是否要召見他？」

秦王一聽樊於期死了，心中十分高興，立刻下令召見荊軻。為了殺雞儆猴，讓大家知道反抗自己的下場，秦王特別安排了盛大的典禮召見荊軻。荊軻捧著裝有樊於期頭顱的盒子，走在前頭；秦舞陽則捧著地圖，走在後面，進了大殿，一同跪在秦王面前。

平時凶惡的秦舞陽從來沒有見過這樣的場面，害怕得直發抖。秦王覺得奇怪，不免起疑。荊軻趕緊對秦王說：「秦舞陽是個鄉下人，從來沒有見過天子，所以才會如此失態，請大王見諒。」

東周列國志

聽到荊軻這麼說，大臣們都輕蔑的笑了。

秦王得意的說：「無妨！那就由你呈上來吧！」

荊軻將樊於期的頭顱放在秦王面前，秦王看了一眼，冷哼一聲說：「樊於期跑到燕國已經好幾個月了，怎麼今天才送來給寡人？」

荊軻回答：「樊於期逃來燕國，一直躲在深山中，我們國君花了重金懸賞，好不容易才抓到這傢伙，本來要將他活生生的綁來給您，但是怕他逃走，所以才先殺了他。」

秦王點點頭，說：「把督亢的地圖送上來！」

荊軻不慌不忙的從秦舞陽手上拿過地圖，一步一步登上階梯，走向秦王。

荊軻來到秦王面前，將地圖慢慢的展開。秦王看著督亢這塊肥美的土地就要到手了，一邊看，一邊笑。等到地圖全部展開，那把塗有毒藥的匕首赫然出現，荊軻右手握住匕首，左手抓向秦王衣襟，猛然刺去。秦王大吃一驚，轉身閃過，趕緊躲到屏風後面。

荊軻知道秦國的法律規定大臣面見秦王時，不可以攜帶任何武器，而擁有武器的護衛，沒有秦王的命令，誰也不可進入大殿。於是

東周列國志

荊軻緊追秦王不放，讓秦王沒有辦法分神喊護衛來救他。

　　屏風後面空間狹小，秦王雖然隨身帶著一把長劍，卻因劍身太長、一時緊張而拔不出來。御醫夏無且急中生智，將藥箱丟向荊軻，荊軻見上方飛來一物，側身一閃，這個瞬間卻讓秦王有了喘息的機會。一個小宦官大喊：「大王快把劍背到背上！」秦王恍然大悟，將劍推到背上，順勢就拔了出來。秦王的劍有八尺長，一揮就砍斷了荊軻的左腳。荊軻忍痛將匕首射向秦王，匕首從秦王耳旁飛過，「咚」的一聲，刺進秦王身旁的銅柱裡。

　　荊軻勉強撐起身子，喘著氣說：「秦王你真是好狗運！我本來只想抓住你，要你把諸侯的土地還回去，沒想到竟然失敗了。我今天殺不了你，這是天意，但你不以公義的手段併吞諸侯，遲早也會被推翻的！」

　　秦王大喊：「護駕！」侍衛一擁而上，將荊軻亂劍砍死；而跪在地上、已經嚇傻的秦舞陽，也被衝上來的侍衛活活踩死。

　　秦王朝荊軻的屍體吐了一口口水：「就憑你也想要阻擋寡人？這燕王實在太不知死活了！傳寡人之令！立刻整軍向燕國進攻。」

燕王為了平息秦王的憤怒，殺了太子丹，打算將太子丹的頭顱獻給秦王。此時正是炎熱的五月，太子丹死的那一天，卻突然天降大雪，積雪竟達二尺深。秦軍沒有料到五月竟然會有如此大的雪，攜帶的裝備和衣物都無法抵擋寒冷的天氣，只好決定徹退，燕國的危機也暫時解除了。

　　但這場突如其來的大雪，只是稍微延緩了燕國被滅的時間而已。隔年，秦軍發兵攻楚，順勢滅了魏國。又過了幾年，楚國也不敵秦軍六十萬大軍的攻勢，與燕國在同年被滅。最後，最偏遠的齊國在秦王嬴政即位的第二十六年，也難逃被滅的命運。兼併六國後，秦王自稱為帝，號為始皇帝。東周列國的故事，也就到此結束了。

東周列國志

東周列國志——最好看的歷史

看完本書，你對於東周列國的故事是不是已經很熟悉了呢？動動腦，試著回答下面的問題吧！

1.《東周列國志》裡提到許多人物，你最喜歡哪一個？為什麼？

_____

_____

_____

2.鄭伯和共叔的恩怨源自他們母親的偏心。對於他們之間的恩怨，除了打仗之外，你有沒有更好的解決辦法？

_____

_____

_____

_____

3.因為鮑叔牙的推薦，管仲免去了殺身之禍，後來更輔佐齊公小白成為春秋時代的霸主。你覺得鮑叔牙有哪些地方是值得敬佩的？

_____

_____

_____

_____

_____

4.孫臏和龐涓本來是無話不談的好朋友，為什麼最後變成反目成仇的敵人呢？

_____

_____

_____

_____

_____

在經典故事中成長

——有圖、有料、有意思

唐三藏西天取經、魯智深大鬧桃花村、

諸葛亮草船借箭、牛郎織女鵲橋相見……

過去，我們讀這些故事長大

現在，我們讓這些故事陪孩子一起長大

豐富的文化應該被傳承，傳統的經典需要有新意

小說新賞，讓經典再現——

🪔 導讀簡明，掌握故事緣起
🪔 內容生動，融合古典新意
🪔 插圖精美，呈現具體情境
🪔 經典新編，富含文學性質

全系列共三十冊　敬請期待

一生不可不讀的三十本經典

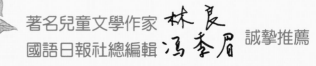

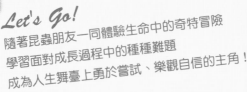

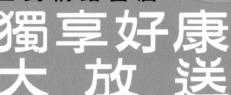

國家圖書館出版品預行編目資料

東周列國志／胡其瑞編寫;簡志剛繪.－－初版一刷.－
－臺北市: 三民, 2011
　　面;　公分.－－(兒童文學叢書／小說新賞)

ISBN 978－957－14－5510－5　(平裝)

859.6　　　　　　　　　　　　　　　100011277

©　東周列國志

編 寫 者	胡其瑞
繪　　者	簡志剛
責任編輯	莊婷婷
美術設計	馮馨尹
發 行 人	劉振強
著作財產權人	三民書局股份有限公司
發 行 所	三民書局股份有限公司
	地址　臺北市復興北路386號
	電話　(02)25006600
	郵撥帳號　0009998－5
門 市 部	(復北店)臺北市復興北路386號
	(重南店)臺北市重慶南路一段61號
出版日期	初版一刷　2011年7月
編　　號	S 857530

行政院新聞局登記證局版臺業字第○二○○號

有著作權・不准侵害

ISBN　978－957－14－5510－5　　(平裝)

http://www.sanmin.com.tw　三民網路書店